LAS CRÓNICAS DEL ÁNGEL
LA VINDICTA

MARISOL SALES GIMÉNEZ

LA VINDICTA

LAS CRÓNICAS DEL ÁNGEL

MUNYX EDITORIAL

Primera edición: octubre, 2025
Las crónicas del ángel. La vindicta

www.munyxeditorial.com

Impreso en España

ISBN: 978-84-129553-4-7
Depósito Legal: V-3817-2025

Para todos los voluntarios y voluntarias que nos sacaron del lodo tras la DANA.

Para todos los afectados y afectadas que perdimos algo de nosotros mismos la noche del 29 de octubre de 2024.

Para todos los que ya no están, pero que no permitiremos que caigan en el olvido.

PRÓLOGO

«Uno de los efectos secundarios más comunes de la intoxicación por sustancias como el formaldehído sería la aparición de síntomas neuropsiquiátricos, que incluyen alucinaciones, confusión mental y pérdida de la orientación. Estos efectos son más comunes cuando los niveles de intoxicación son lo suficientemente altos como para afectar al cerebro.

En resumen, el consumo regular de líquidos de embalsamar podría causar daños irreparables al cuerpo, desde efectos neuropsiquiátricos como las alucinaciones hasta daños en los órganos vitales», fue lo que el médico del manicomio le había dejado por escrito años atrás.

Recordaba que le había dicho algo sobre efectos «fatales», pero si seguía viva era porque la fatalidad sería ella misma, ¿no?

La fatalidad personificada.

The Beautiful People de Marilyn Manson sonaba a tope mientras seguía bebiendo en el sótano en el que vivía desde la traición. Un agujero de apenas veinte metros cuadrados en el que se acumulaban las botellas de vidrio y la pintura negra con la que había empezado a pintarse la cara y los brazos. Se desgañitaba con Manson hasta quedar casi afónica mientras miraba su propio reflejo en el espejo que ella misma había roto de un puñetazo semanas atrás.

La sed de sangre le impedía ordenar sus pensamientos, que de por sí ya eran la definición de *caos*.

Tras calentar un cuchillo con sus propias manos y quemarse con él el símbolo de las alas de ángel, había escrito en varias hojas con el dedo índice lleno de pintura negra el nombre de cada uno. Después, las lamió por detrás para pegarlas a la pared. Durante ese momento experimentó una sensación de éxtasis, como si con su saliva los estuviera sentenciando a muerte.

Sin dejar de repiquetear los pies contra el suelo y gritar las letras de Manson, agarró el único cuchillo que le pertenecía. Besó la punta del filo, se tapó los ojos y lo lanzó con todas sus fuerzas.

Aunque no era lo que esperaba, el azar había hablado y había sentenciado al primero de los medio-ángeles.

1
EL COMIENZO

Habíamos empezado un nuevo curso y esperaba acabarlo igual que el anterior, con casi todo notables y algún que otro sobresaliente. Natalia, para variar, tendría todo sobresalientes. Javier..., bueno, él era más de suficientes.

Atrás quedaba un verano lleno de emociones fuertes sin presencias demoníacas. Tanta tranquilidad nos había llevado incluso a pensar si no habría sido todo un sueño.

Durante el verano hicimos todo tipo de planes, como ir a parques acuáticos o a cines al aire libre. Con lo que no contaba era con estar diez días de vacaciones con mi familia. A pesar de tener aún mis reservas con mis padres, fue agradable pasar tiempo con ellos sin que sus móviles sonaran o preguntándome si al día siguiente los vería, aunque solo fuera cinco minutos.

Por desgracia todo eso había acabado y ya estábamos de vuelta en el instituto. Al entrar al edificio vi a un montón de personas corriendo de un lado a otro para fundirse en abrazos. Todo eran risas y voces por ver a los amigos de nuevo, pero pocos se alegraban de haber regresado para volver a encontrarse con los libros de estudio.

En ese momento vi fugazmente algo que corría rápido como un destello y luego se abalanzaba sobre mí. La alcé en brazos sin que dejara de sonreírme. Natalia y yo habíamos pasado la primera mitad del verano sin separarnos casi que ni para dormir, pero la otra mitad se marchó de viaje y desde entonces no la había visto. Aunque acabáramos de regresar de las vacaciones en las que los rayos del sol nos acariciaban con intensidad, ella seguía igual de blanca.

—¿Qué tal, grandullón? —preguntó aún en mis brazos.

—Muy bien, ¿y tú? —le respondí notando un escalofrío recorrerme todo el cuerpo.

—Estupendamente —me contestó sin apartar su mirada de la mía.

Intercambiamos una sonrisa. En ese momento llegó la inconfundible Nerea, la mejor amiga de Natalia. Seguía igual de pesada que siempre.

—Uy... ¡Aquí hay amor! —Se acercó a nosotros con voz aguda y abriendo los brazos hacia Natalia.

Esta salió de entre los míos y fue a abrazarla. Vi como las lágrimas asomaban en los ojos de ambas. Al cabo de un rato se separaron.

—¿No os abrazáis? —Nos señaló Natalia a los dos.

Nerea y yo nos miramos horrorizados.

—Venga, hace tres meses que no os veis, solo un abrazo —pidió Natalia juntando las manos y reprimiendo la sonrisa.

Alargué los brazos hacia Nerea. Ella hizo lo mismo. Nos abrazamos dejando un espacio entre ambos mientras nos dábamos golpecitos en la espalda con un nudo de incomodidad en la garganta. Escuché la risa contenida de Natalia mientras nos separábamos rápidamente. Por mucho que ella lo intentara, Nerea y yo nunca seríamos algo diferente a simples compañeros de clase.

—Bueno, espero que te valga —le espetó Nerea—. Voy a saludar a más gente.

Nada más irse ella, Javier llegó corriendo con la mochila zarandeándose de lado a lado, abrazó por detrás a Natalia y la levantó dos palmos del suelo. Él y yo habíamos pasado cada día del verano juntos y compartido incluso algunos momentos memorables, nada extraño tratándose de Javi.

Natalia y él se abrazaron muy fuerte. Se separaban, se miraban y se volvían a abrazar. Cuando llegó mi turno, solo nos dimos unos golpecitos en el hombro, ya que precisamente el día anterior habíamos cenado juntos.

Sonó la campana que indicaba que las clases empezaban de nuevo.

2
OTRA VEZ

Llegamos a nuestra *nueva* aula. Por ser el primer día, aún no tenía muy claro el horario de clase. Vino una profesora a la que nunca había visto antes, con el pelo corto y rizado, de color negro. Llevaba muchos libros bajo el brazo para dejar libre la otra mano y poder cerrar la puerta, pero así y todo se le cayeron un montón de folios y algunos libros. Unos pocos alumnos nos levantamos para ir a ayudarla, otros se dedicaron a reírse.

—Gracias, chicos —nos dijo a los que la ayudamos roja de la vergüenza.

Todos volvimos a nuestros pupitres.

—Hola, buenos días a todos. Soy Helena, la nueva profesora de Naturales.

—¿Qué ha ocurrido con Axel? El curso pasado tampoco lo acabó con nosotros —comentó Nerea desconsolada, incluso con las comisuras de los labios bajas.

—No lo sé, pero según me han dicho, los últimos profesores de Naturales han dejado su puesto de trabajo sin avisar. Este año no pasará lo mismo, estaré con vosotros hasta final de curso —aclaró Helena forzando una sonrisa a pesar de su timidez.

Dicho esto, pasó a preguntarnos uno a uno los nombres y apellidos, si éramos repetidores, si nos gustaba la materia... Estuvimos todas las clases del día así, sin hacer prácticamente nada. Terminada la jornada fuimos, como siempre hacíamos, a casa de mi abuela.

Natalia tenía muchas ganas de verla de nuevo, y también a William. Cuando llegamos, mi abuela gritó de alegría y no hacía más que abrazarla y darle besos.

El recibimiento de William no fue tan efusivo, pero también se alegró mucho de verla. Por último saludó a Jessica. A pesar de ser una niña reservada con una mirada que podía cortar, distinguí durante apenas unos segundos que se alegraba de ver a Natalia.

—¿Qué tal el primer día de instituto? —nos preguntó Elisa, mi abuela, muy sonriente.

—Muy bien, no hemos hecho casi nada —contesté.

—Si hubierais hecho algo ya no habría ido «muy bien», ¿no? —Se rio mi abuela.

—Bueno, el de Matemáticas nos ha puesto un examen de repaso del curso pasado para ver si nos acordábamos de todo. No pensé que empezaría a suspender *tan* pronto —resopló Javi.

—No contaba para nota —le comentó Natalia dejando la mochila en el suelo.

Hacía un día espléndido. Después de derrotar a Satanás, el sol volvió a brillar como antes y no había dejado de hacerlo hasta el momento. Su luz era intensa y traspasaba las hojas de los árboles. Natalia fue a acariciar el árbol de la vida, seguramente recordando cómo viajamos a través de él. Fui con ella y vi que se le dibujaba una media sonrisa en la cara.

—¿Pensando en los viajes? —pregunté.

—Sí. Me gustaría volver a hacerlo. —Suspiró sin dejar de acariciarlo.

—Y ten por seguro que lo haréis —aseguró William, que se encontraba cerca.

—¿A qué te refieres? —Se giró confusa Natalia hacia el hombre.

—No habrás olvidado las amenazas de Agnes y Patry, ¿verdad? —inquirió él aún más confundido.

—Por suerte no me falla la memoria —contestó ella fingiendo una sonrisa—. Pero ¿Patry o Agnes han dado señales de vida mientras estaba fuera?

—No. Hace cinco meses que no sabemos nada de ellas. —Se acercó mi abuela.

—Tampoco hemos detectado ninguna actividad de vampiros u hombres lobo, como bien sabes —agregó William.

—Es una pena —murmuró Jessica.

—Lo que pensamos es que una o la otra, o incluso las dos juntas, están reuniendo a sus tropas para atacarnos —explicó William.

—Por eso no tienen tiempo para andar por aquí —asintió Natalia con los brazos en jarras.

—O, a lo mejor, se han ido de vacaciones —se asintió Javi a sí mismo.

—Sea como sea, es momento de volver a entrenar a diario y ahondar más en vuestro conocimiento mágico. Como, por ejemplo, ¿conocéis la historia de los licántropos? —preguntó William sin esconder su entusiasmo.

—Como todos los seres, tienen su propio origen —aclaró mi abuela con una sonrisa.

Javi, Natalia y yo seguimos a William al salón.

3

LICAÓN

Nosotros tres nos sentamos en el sofá y William se quedó de pie, enfrente, apoyado en la chimenea apagada para contarnos la historia.

—Bueno, como ha dicho Elisa, todos los seres tienen una historia. Todo empezó cuando el rey Licaón se convirtió en un ser egoísta y despreciable.

»Cuando algún emigrante cruzaba las fronteras de su reino, él mandaba que lo ejecutaran. Licaón no quería que hubiese nadie extranjero en su territorio. Un día, los ángeles se enteraron de lo que hacía, enseguida el líder de estos fue a infiltrarse en su reino como un emigrante más para ver con sus propios ojos lo que pasaba. Licaón no era un gobernador necio, cuando vio a ese hombre supo quién era a la perfección. Lo alojó en su palacio, lo agasajó con joyas y telas y le dio de comer las mejores capturas, animales que el mismo Licaón había cazado para él. Los esfuerzos del mandatario fueron en vano. El líder de los ángeles no solo le maldijo por su falta de hospitalidad y humanidad con los viajeros que buscaban refugio en su reino, también por insultar su propia inteligencia y creer que podría engañarlo haciendo alarde de su riqueza.

»Licaón hacía mucho que había dejado de comportarse como un humano. La maldición consistía en que se convertiría en un hombre lobo, en un engendro, todas las noches de luna llena para recordarle a él y a todos los que le seguían que así era su interior. El interior de un monstruo.

—Vaya con los ángeles... —murmuró por lo bajini Javi.

—¿Así que se puede decir que los licántropos están malditos? —pregunté recolocándome en el sofá emocionado.

—Sí, lo están. La maldición de Licaón pasó a sus hijos y a los hijos de sus hijos y así sucesivamente. Los hombres lobo se fueron multiplicando. Eran muy temidos, más que los lobos normales, por supuesto, ya que se alimentaban de carne humana. Al llegar a la Edad Media se creía que al menos una familia en cada pueblo era de licántropos. Los humanos los temían tanto que incluso evitaban salir de sus casas al caer la noche. El hambre y la caza a la que fueron sometidos hizo que los licántropos casi se extinguieran, pero el mito sobre ellos seguía intacto.

»La gente no se daba cuenta de que si temían a los hombres lobo, los demonios crearían más para causar el caos en las ciudades. A partir de entonces ya no hacía falta que fueras descendiente de Licaón para ser un licántropo, solo bastaba con ser objetivo de Satanás.

—¿Así que algunos hombres lobo se crean por el miedo que les tienen los humanos? —preguntó Natalia sorprendida.

—Exacto. En el siglo XVI, Francia se infestó de estos. Aunque los licántropos siempre han sido temidos, a las mujeres lobo se las consideraba tímidas e inofensivas, nada más lejos de la realidad, por supuesto. Fue un gravísimo error el subestimarlas porque eso las convertía en aun más letales que los hombres. En el siglo XVIII los hombres y las mujeres lobo dejaron las tierras humanas para formar parte de las demoníacas —terminó William.

—Alaaa…, es realmente impresionante, ¿no? —Javier estaba boquiabierto.

—¿Qué os parece la historia? —William se frotó las manos entusiasmado.

—La verdad es que me parece *muy* interesante. —Sonrió Natalia—. Licaón ¿de dónde era rey?

—Era rey de Arcadia, situada en Grecia.

—¿Y tanto tiempo estuvieron aquí, entre los humanos? —pregunté.

—Sí. El miedo crecía y ellos también. Este era el lugar perfecto para vivir. Hasta que llegó el momento en que se dejó de creer en ellos y tuvieron que irse para poder sobrevivir —contestó William.

—Has explicado que los hombres lobo solo se pueden transformar con luna llena, pero… ¿ahora sigue siendo así? —indagó Javier.

—Una buena pregunta.

—Gracias —contestó Javi contento.

—Los animales mutan, las personas mutan, los seres mágicos mutamos, el paisaje muta y, por supuesto, los demonios mutan. La mutación consiste en que las especies se puedan adaptar mejor al medio que les rodea. La vida en el submundo es muy dura para estos demonios menores, por eso los licántropos mutaron y se quedaron así: por siempre mitad humano, mitad lobo —aclaró William mirándonos a todos.

Javier echó un vistazo a su reloj y se levantó como un resorte.

—Siento mucho interrumpir, pero tengo que irme. Mi madre me dijo que no llegara tarde a casa, que tenía que ayudarla a hacer limpieza general. —Resopló con aspecto cansado—. Algo sobre «curso nuevo, hábitos nuevos».

—Sí, yo también me voy. —Natalia también se puso en pie.

Salieron a despedirse de mi abuela y Jessica y se marcharon.

—Ángel, ¿nos vamos nosotros también? —me dijo al entrar mi hermana.

—¿Quieres irte ya? —pregunté estirando los brazos, desperezándome.

Ella asintió ligeramente con la cabeza. Salimos de casa de la abuela y nos encaminamos hacia la nuestra.

4

DE NUEVO ELLA

Una brisa suave y agradable se mezclaba con los rayos del sol que nos acompañaban a casa, pero lamentablemente esa sensación no iba a durar mucho. Cuando estábamos llegando a casa la vimos.

—Agnes… —susurró mi hermana afilando la mirada.

Nos escondimos con rapidez detrás de un coche negro para que no nos descubriera. Bueno, para ser más exactos, yo me escondí; mi hermana utilizó su poder y se hizo invisible. Agnes se giró y pude verla bien. No había dudas, era ella.

Salvo por la gran cicatriz que le atravesaba el ojo derecho, seguía teniendo la misma expresión de siempre. Las comisuras bajadas, la mirada retadora, las grandes ojeras grises y los mofletes chupados. Me fijé un poco más y distinguí que su piel volvía a ser pálida como cuando la sacamos del manicomio, que tenía un aspecto mucho más desaliñado que antes y que se había pintado los brazos con manchas negras. Sin reparar en nuestra presencia, dio media vuelta y se fue.

Hasta que no la perdimos de vista, ni mi hermana no se hizo visible ni yo salí de detrás del coche.

—¿Crees que está buscando a alguien? —preguntó alarmada Jessica.

—No lo sé, pero por si acaso, vámonos. —La tomé de la mano y echamos a correr.

Fuimos todo lo rápido que nos permitieron las cortas piernas de Jessica. Entramos en casa y echamos el cerrojo. Jessy fue arriba a cerrar las persianas y bajó con la respiración acelerada. Se quedó mirando a la chimenea con los ojos abiertos de par en par.

—¿Y si entra por ahí? —preguntó alarmada.

—Tranquila, no creo que vaya a entrar por la chimenea. —Me acerqué a ella sosegadamente para tranquilizarla—. No es Papá Noel.

—Ja-ja, muy gracioso.

En ese momento envié un mensaje a mis amigos avisándoles de que Agnes estaba de vuelta y llamé a mi abuela. Tanto ella como William se quedaron sin habla, pero nos intentaron tranquilizar para que no nos preocupáramos antes de saber lo que tramaba.

5
DESAPARICIÓN

Al día siguiente Natalia vino a por mí para ir al instituto.

Las clases fueron transcurriendo tan monótonas como siempre, a punto de dormirnos estuvimos. Nos dijeron las notas del control de Matemáticas del día anterior. Afortunadamente saqué un 7. Natalia, sin sorprender a nadie, un 9,5. Y Javi…, Javi sacó un -1.

Él decía que era injusto, que el 0 se lo merecía, pero el -1 no. Había entregado la hoja en blanco, y cuando decía en blanco me refería a totalmente vacía. Ni siquiera puso el nombre. Javier se defendía explicando que el profesor le dijo que si no sabía nada, no pusiera nada. De ahí la sanción, por «no saber ni su propio nombre», como le argumentó el docente. Había llamado a sus padres para darles la noticia. No me costaba imaginar a la madre de mi amigo gritándole por teléfono.

Javi nos confirmó que estaba tan enfadada que a partir de aquel día tendría que asistir a clases de repaso todas las tardes y que más le valía no suspender nada más. Natalia y yo fuimos a casa de mi abuela y seguimos hablando de los licántropos.

Al día siguiente, lo mismo de siempre, con una excepción muy importante: Javier no apareció por el instituto en todo el día. Al acabar las clases, fuimos a su casa para ver qué le pasaba. Llamamos a la puerta y nos abrió una mujer muy parecida a la madre de nuestro amigo con el rostro húmedo. Natalia y yo entramos y oímos sollozos procedentes de diferentes personas.

—¿Qué ocurre? —pregunté alarmado.

—¿Y Javier? —quiso saber Natalia preocupada.

—Javier no está —dijo su tía, la mujer que nos había abierto—. No ha regresado desde que ayer fue a repaso.

—¿Qué? —Natalia no daba crédito a lo que escuchaba.

—Sí —intervino su madre—, busqué a una chica que le pudiera dar clases de repaso y se presentó una muy extraña. Tenía el pelo negro azabache y una gran cicatriz sobre el ojo derecho. Iba a decirle que no, pero me enseñó varios boletines suyos de notas y eran magníficas. Además de tener un título universitario y dos másteres. Me dijo que era nueva en la ciudad y que dar clases de repaso era la manera más sencilla de empezar a ganar dinero. Lo sé, dicho así suena muy raro todo, pero... me convenció y accedí —explicó como pudo, pues empezó a ser víctima de un ataque de ansiedad—. La peor decisión de mi vida. La policía está buscándole. A él y a ella.

No podía ser. Sentí que me mareaba.

Agnes.

Por eso la habíamos visto deambulando por allí, para preparar su ataque contra nosotros. Natalia estaba desencajada. Le susurré sin casi voz:

—Esa profesora era Agnes.

Me miró directamente a los ojos con los suyos llenos de lágrimas y sin parar de temblar.

—Hace unos días, de camino a casa, la vi. ¿Te acuerdas que te lo dije? —Asintió algo desorientada—. Tenía la cicatriz que dice su madre. Es ella. Seguro. Quizá deberíamos irnos, ¿no crees? Hay que hablar de esto con mi abuela, ya.

Asintió medio llorosa.

—Tenemos que marcharnos. Cualquier cosa que necesiten, no duden en hacérnoslo saber. Lo siento mucho, de verdad, pero ya verán como todo termina bien y en cualquier momento Javi aparece —me despedí abrazando a su madre.

Arrastré a Natalia hacia la calle. Lloraba desconsolada. Por primera vez desde que obtuvo sus poderes, Natalia no podía andar. No tuve más remedio que alzarla en brazos. No me supuso un gran esfuerzo. Se aferró a mi cuello y no se soltó.

—Lo matará, lo matará —repetía sin parar.

Yo intentaba calmarla sin conseguirlo.

—Estará vivo, seguro —le decía, pero no había palabras que la consolaran.

Fuimos así todo el camino hasta llegar a casa de mi abuela.

6

HIPÓTESIS

Mi abuela se asustó cuando vio a Natalia. Ella aún seguía llorando y yo le expliqué el porqué, reprimiendo las ganas de gritar y calmando los instintos que mis poderes despertaban en mí, como las ganas de aporrear con todas mis fuerzas cualquier superficie dura. Opté por el silencio.

—Tranquilízate, Natalia. No le harán nada. Lo necesitan vivo —intentó tranquilizarla mi abuela con su voz dulce tomándola de la cara.

Natalia soltó un gran sollozo.

—A Agnes le puede servir de mucho —intervino William, sentándose a mi lado, sin apartar la mirada de Natalia—. El poder de Javier, la facultad de anticipar cualquier movimiento del contrario, es muy útil para la lucha. Lo ha apartado de nuestro lado para incorporarlo al suyo.

—Pero ¿cómo? Javi nunca se unirá a ella —sollozó Natalia.

—Ejerciendo su poder sobre él —dijo Jessica de sopetón.

—¿Qué? —pregunté, confundido, mirándola.

—No os lo dijimos para que no tuvierais miedo y porque es un poder que no puede usar indefinidas veces ni que funcione siempre a la primera… —se excusó mi abuela.

—Abuela, ¿a qué te refieres? —pregunté levantando el tono.

—Al igual que vosotros, Agnes no solo tiene el poder del fuego —nos informó con timidez.

—También puede borrarle la memoria, convencerlo de que ella es su jefa y nosotros sus enemigos —se explicó por fin William con un nudo en la garganta—. Como bien dice Elisa, Agnes no puede usar este poder cada vez que quiera ni es efectivo a la primera. Será un arduo trabajo en el que tendrá que ir poco a poco borrando y reconstruyendo sus recuerdos.

—Lo va a… —se le cortó la voz a Natalia con los ojos desorbitados del pánico—. No lucharemos contra él —negó tajante.

—No os pediremos que lo hagáis. —Elisa le agarró la mano con fuerza.

—¿Hay algo más que deberíamos saber? —pregunté, indignado, con un peso insoportable en el estómago.

—No por ahora… —contestó mi abuela muy seria y segura de sí misma.

¿Cuántas cosas más esconderían? No tenía ganas de saberlo. Natalia había dejado de llorar, en su rostro solo cabían la ansiedad, la preocupación y el pánico. No podía más y se marchó.

Mi amiga intentaba correr lo más rápido que podía, pero iba a un ritmo que yo podía superar sin ningún esfuerzo. Fui detrás de ella. Llegamos a un punto muy alejado de casa de mi abuela. La agarré de los brazos y la detuve. Me puse frente a ella, tenía los ojos llenos de lágrimas.

Cuando iba a intentar calmarla, un coche que se encontraba al final de la calle explotó. Nos tiramos al suelo y protegí con mi cuerpo a Natalia.

Agnes estaba intentando aniquilarnos. Un poco más cerca y hubiéramos volado en pedazos.

Natalia y yo nos miramos fijamente e intercambiamos algo como: «Salgamos de aquí». Nos dirigimos a mi casa. Era aún temprano y mis padres no habían llegado todavía.

7

PLANES

Natalia aún tenía los ojos rojos y no podía parar de temblar. Le tendí un vaso de agua que se bebió de un trago y me senté a su lado en el sofá en silencio, le apoyé la mano en la rodilla y se la apreté para darle fuerzas. Ella me contestó con una débil sonrisa. Nos quedamos sumidos cada uno en sus pensamientos durante unos minutos hasta que le pregunté:

—¿Estás más tranquila por lo que ha pasado con el coche?

—Sí, el susto de la bomba se me está pasando poco a poco, pero cada vez me siento peor. Agnes ha raptado a Javi y seguramente sea ella la que ha querido matarnos hace un momento.

—Todo se solucionará, ya lo verás. Pudimos contra Satanás, podremos contra Agnes. Estoy seguro. Todo se solucionará.

Conforme las palabras salían de mi boca me di cuenta de que en realidad no creía en lo que estaba diciendo, pero no me iba a permitir rendirme desde el primer momento ante la idea de que no podría asumir ese reto.

—¿Cómo? —preguntó no muy convencida.

Y en ese mismo instante se me ocurrió una idea.

—¿Y si vamos al submundo? Si está preparando a subterráneos contra nosotros, ellos tienen que saberlo. —La tomé de los hombros esperanzado.

—Tu abuela nunca nos dejará —negó sorbiendo los mocos y las lágrimas.

—Por intentarlo que no quede, ¿no?

—Creo que no ves el riesgo que corremos si vamos al submundo. Somos los medio-ángeles que derrotaron a Satanás, los que aún busca Patry y los acechados por Agnes. No creo que nuestro recibimiento vaya a ser muy bueno. No es una buena idea, Ángel —me replicó sin detenerse a respirar y mirándome a los ojos.

—Podemos ir fingiendo que somos demonios. —Alcé los hombros.

Hasta yo empezaba a creer que no era una idea tan disparatada.

—Son demonios, eso no significa que sean estúpidos. Además, ¿y las alas? Angélica nos dijo que si entrábamos en otro plano el tatuaje aparecía —me recordó quitándose una lágrima de la mejilla con el dorso de la mano.

—Podemos taparlo con ropa o maquillaje o cualquier cosa que se nos ocurra —le sugerí.

—Creo que no razonas bien lo que estás diciendo —me soltó con contundencia.

—Es una buena idea, Natalia, piénsalo bien. Además, creo que es la única forma de poder salvar a Javi y detener a Agnes.

—¡Podemos morir! —espetó mi amiga levantándose del sofá, cada vez más nerviosa.

—¡Y Javi puede morir si no lo hacemos! —alcé yo también la voz.

—Pues no dejaré que tú vayas detrás. —Me miró con rabia.

Nos mantuvimos la mirada respirando de manera irregular.

—Nadie va a morir —rectifiqué cerrando los ojos con fuerza—. Solo digo que sería una buena idea.

—En el caso de que nos dejaran, ¿qué haríamos? ¿Preguntar por la calle si conocen a Agnes? ¿O si saben si está preparando algo contra los medio-ángeles? —Se rio con ironía.

—Exacto. —Di un gran paso hacia ella y empecé a sonreír.

Si lo hacíamos bien, si no llamábamos la atención, podríamos saber el paradero de Javi y salir ilesos.

—Estás loco, ¿verdad? —Arrugó el entrecejo casi sin voz—. Sigo viendo muchos inconvenientes.

—¿No será que tienes miedo? —pregunté en tono divertido para intentar convencerla.

—Me preocupo. Nada más —musitó mirándome directamente a los ojos.

Su tono bajo, profundo y significativo desvió por completo mi intención de seguir con mi tono divertido. Natalia estaba seria, pero de un modo diferente a hacía apenas unos minutos.

Me acarició la mejilla con las yemas de los dedos y más tarde hundió sus manos en mi cabello con fuerza. También apoyó su frente contra la mía.

En mi vida había estado tan nervioso, ni siquiera cuando luchamos contra Satanás. Cada vez era más consciente de los sentimientos que habían estado siempre ahí.

—¿Te pongo nervioso? —susurró.

Sentía el eco de sus palabras contra mis labios y solo aumentaron mi deseo por besarla en ese preciso instante. Separamos un poco nuestras frentes para mirarnos a los ojos. Con sus dedos hundidos entre mi cabello y mis manos rodeando su rostro, supe que ella también lo quería.

Cuando estaba a punto de besarla, sonó el timbre.

8

NO TE VAYAS

Natalia retrocedió un poco, aunque no lo bastante como para impedir que prosiguiera. Yo tampoco me moví para ir a abrir la puerta. Me daba igual. Por un momento olvidé todo lo que nos rodeaba.

Pero volvieron llamar.

Cerré los ojos con fuerza maldiciendo en mi interior. Cuando la miré me estaba sonriendo. Le devolví la sonrisa.

Llamaron de nuevo. Resoplé con fuerza. Al final fui a abrir: era mi hermana.

Entró malhumorada. La había traído William, que me saludó con la mano desde el coche, antes de arrancar y marcharse. Cuando cerré la puerta escuché las quejas de Jessica:

—Estoy llamando desde hace media hora, ¿pero qué te pasa?

—Vete a hacer los deberes. —Le señalé la escalera.

—Vale, os dejaré solos. —Me dedicó una larga mirada, como si supiera que algo tramábamos, y se fue corriendo arriba.

Cuando me giré para ver a Natalia, me la encontré justo detrás de mí.

—Debería irme. —Y se dirigió hacia la puerta mirándose los pies.

Fui tras ella.

—No… —La tomé de la mano.

—Tengo que pensar en muchas cosas —dijo agarrándose el puente de la nariz.

—Lo entiendo. —Metí las manos en los bolsillos—. Pero ¿no sería mejor que te quedaras y habláramos de todo lo que ha pasado hoy?

—No lo sé, Ángel. —Se mordió el labio.

Aunque deseaba con todas mis fuerzas que se quedara, comprendía que necesitaba estar a solas y sacar sus propias conclusiones. Llorar, pensar en todo lo ocurrido e intentar descansar.

Agarré las llaves mientras le decía:

—Te acompaño a casa, ¿vale?

Me miró a los ojos con intensidad antes de asentir.

Recorrimos las calles en total silencio, cada uno lidiando con sus pensamientos. Mi cerebro le daba vueltas a qué pensaría sobre el casi beso de antes, pero mi corazón latía con fuerza, incapaz de perder la esperanza por encontrar a Javi pronto.

—Ya hemos llegado. —Suspiró al detenerse delante de la puerta de su casa—. Gracias por acompañarme. No hacía falta, pero te lo agradezco.

—No te preocupes. —Nos quedamos mirándonos directamente a los ojos con una profundidad que nunca antes habíamos experimentado. Nervioso, metí las manos en los bolsillos—. Prométeme que pensarás lo del submundo, ¿vale? De verdad creo que puede ser una buena idea para encontrar a Javi. O simplemente… por empezar por algún lado. Y antes o después tendremos que enfrentarnos al mundo demoníaco para ver si allí saben algo.

Sin dejar de mirarme con esa intensidad asintió despacio. Nos quedamos así un par de segundos más, respiré hondo y di dos pasos atrás.

—Descansa mucho. Llámame si necesitas cualquier cosa. —Me quedé unos segundos allí parado esperando a que me dijera algo, pero solo asintió con la cabeza.

Me di media vuelta y empecé a andar hacia casa.

—¡Ángel! Espera. —Vino hacia mí.

Me giré respirando entrecortadamente. Nos quedamos mirándonos con la misma profundidad e intensidad hasta que dio dos pasos decidimos hacia mí y me besó.

Fue un beso lento, breve y suave. Cuando se separó de mí apenas unos centímetros, me sonrió con timidez.

—Pensaré lo del submundo. Te lo prometo.

9

EN LAS NUBES

Después del beso, no era persona. Estaba en Babia. Aun así lo que me quitó el sueño fue pensar en Javi en las garras de Agnes.

Al día siguiente no escuché el primer tono del despertador, ni el segundo ni el tercero. Me cambié y desayuné a toda prisa. Natalia me esperaba en la puerta de mi casa como siempre con una sonrisa tímida y unas ojeras que mostraban que tampoco había dormido demasiado.

—Buenos días.

—Buenos días —le dije como pude.

Aunque llevaba horas sin pensar en nuestro beso, al verla me vino el recuerdo de sus labios contra los míos y me costó tragar saliva. Seguro que ella notaba que el corazón me iba, como mínimo, a mil por hora. Pero no me dijo nada.

Durante todo el camino hablamos del tema del submundo y acordamos tratarlo con mi abuela esa tarde. Se había pasado toda la noche pensado en ello y seguía con dudas de si funcionaría, pero por Javi haría lo que hiciera falta.

Las clases de nuevo me parecieron eternas. No veía la hora de salir de allí. Quería ir al submundo y averiguar algo sobre Agnes, y con eso saber dónde estaba mi amigo.

Los profesores y compañeros se arremolinaban a nuestro alrededor preguntándonos por si se sabía algo más sobre Javi y cómo estábamos nosotros. Cada vez costaba más responder a sus preguntas, así que pasamos de explicaciones extensas, a monosílabos y finalmente a negar con la cabeza para evitar hablar. Por fin llegó el final de las clases y Natalia y yo nos fuimos lo más rápido que pude a casa de mi abuela.

—Sí que habéis llegado pronto. —Rio mi abuela al verme tan sofocado.

—Sí, aunque habríamos llegado antes de no ser por la lentitud de Ángel —la secundó Natalia.

Los tres, junto con William y Jessica, salimos al jardín.

—Abuela, Natalia y yo llevamos horas pensando una cosa que tal vez no te guste, pero creemos que es una muy buena idea. Podemos afrontarla con éxito y sin ponernos en peligro y eso nos daría ventaja para saber... el paradero de Javi —le expuse sin dejar de mirarla y sin vislumbrar ninguna reacción por su parte.

—Ángel, habla claro —me pidió con tono duro.

—Queremos ir al submundo para saber dónde está Agnes —resumió Natalia.

—¿Qué? —reaccionó espantada y poniéndose en pie.

—No nos pasará nada, sé que podemos hacerlo. Además, iríamos de incógnito —le intenté quitar hierro al asunto.

—De ninguna de las maneras. Me niego.

—Por favor... —le pedí.

—¿Os habéis vuelto locos? ¿Ir al submundo «sin poneros en peligro»? Ir al submundo sería serviros en bandeja de plata para aquellos que quieren mataros. Además, es un plano lo suficientemente hostil para dos medio-ángeles sin necesidad de que os reconozcan. Quitaos esa idea de la cabeza de inmediato. —Elisa no podía estar más enfadada.

Esperaba que no le gustara la idea, pero no una respuesta tan exaltada y con esa mirada de ira. Carraspeé para aclararme la voz, pero William se levantó y vino hacia nosotros.

—Venid conmigo.

Natalia y yo le acompañamos al interior de la casa mientras mi abuela se masajeaba las sienes y tomaba asiento de nuevo.

—Pienso igual que vosotros. Creo que si no vais al submundo, no sabremos realmente lo que está pasando. Ahí es donde está todo el meollo, no aquí. Os ayudaré —nos susurró—, pero debemos ir a mi casa.

Sentí tal emoción dentro de mí que la mirada de gratitud que le dirigí se lo dijo todo.

—Decidle a Elisa que estáis muy cansados, que esto os ha dejado muy chafados, que no sabéis ya qué hacer para buscar a Javi, cualquier excusa es buena ahora, y que os vais a casa a descansar. Yo saldré en diez minutos y os recojo en la esquina de la calle. Pero antes que suba uno y coja la ropa negra que os pusisteis para combatir contra el dunlop y guardadla en la mochila. ¿De acuerdo?

—Yo me encargo. Ve tú a despedirte de Elisa por los dos. No vemos fuera —me susurró Natalia antes de desaparecer.

10
PUNTOS CARDINALES

En casa de William nos cambiamos de ropa y bajamos a su gran comedor.

—Chicos, estamos actuando a espaldas de Elisa. No es que me guste hacerlo, pero todos sabemos que no tenemos otra opción. —Suspiró con fuerza—. Incluso tu abuela lo sabe, Ángel, pero no quiere poneros en peligro. Me tenéis que prometer que haréis lo posible para no correr ningún riesgo. Que huiréis a la mínima que algo os haga sospechar. —Nos miró con fijeza y nos tendió una especie de reloj—. Antes de que lo digáis, no, no es un reloj. No tiene un nombre concreto, pero es un aparato que permite ir a otros planos. Os lo programaré a esta dimensión para que podáis volver en cuanto os veáis en peligro. En el instante en que estéis en problemas, apretad este botón. Solo tengo uno, lo que significa que con más razón no debéis separaros, porque tendréis que estar agarrados para volver aquí los dos. ¿Me habéis entendido bien? —nos preguntó con la frente húmeda del sudor. Ambos asentimos con firmeza—. Llevaréis armas.

—¿No lo verán como una amenaza? —pregunté.

—Al contrario. Verán extraño si no tenéis. Por eso diréis que sois vampiros. Tendréis que ocultar vuestros tatuajes angélicos —nos advirtió.

William le tendió un pañuelo negro a Natalia para que no se viera el par de alas de su cuello.

—Bueno, chicos, os deseo toda la suerte del mundo. Id con cuidado. Ángel, tú llevarás el «reloj de los planos». Recordad lo que os he dicho: *no* os separéis. —Y se despidió de nosotros asintiendo con la cabeza.

Me dio el *reloj* y me lo puse. William movió las manos y miles de destellos salieron de ellas para envolvernos.

Empecé a dejar de notar el suelo bajo mis pies, aunque ya estaba acostumbrándome a esa sensación mágica. Volví a sentir tierra firme en cuestión de segundos. La niebla se difuminó y dio paso a la dimensión demoníaca.

Era muy diferente a la angélica. Todo, y digo absolutamente todo, era negro. Los edificios, la carretera, el cielo… Solo estábamos iluminados por una enorme luna blanca. No se escuchaba un solo murmullo, ni el aire circulaba allí. Parecía que el tiempo se hubiera detenido o incluso estancado.

Me llamó la atención que delante de nosotros había una especie de mesa de piedra. Vimos que en la parte superior estaban grabados todos los puntos cardinales. Pero tenían un añadido. En el norte ponía «Sufrimiento»; en el sur, «Muerte»; en el oeste, «Sangre», y en el este, «Dolor». Nos quedamos perplejos.

—Bueno…, ¿qué tal si nos vamos al *Dolor*? —me miró irónicamente Natalia.

—Parece la mejor opción, ¿no? —contesté con el mismo tono.

Nos dirigimos al este.

Caminamos despacio y sin rumbo. No había nadie por la calle. Era todo muy tétrico, solo se oían nuestros pasos sobre un asfalto mugriento y pegajoso que nos dificultaba avanzar.

Nos fijamos en un edificio negro en concreto, el más alto de todos los de la calle. Supimos que era un hotel porque así lo indicaba un cartel colgado en la parte alta de su fachada.

Justo alrededor del edificio sí que percibimos más movimiento de subterráneos y el viento empezaba a soplar con fuerza.

Nos miramos en silencio, con una expresión de inquietud, y pasamos al interior. Por algún motivo, conforme avanzábamos hacia la puerta solo podía pensar en si saldríamos con vida de allí.

11
DESCUBIERTA

Al contrario que en la calle, el edificio estaba lleno de subterráneos y, a pesar del hedor que desprendía el vestíbulo, la posibilidad de encontrar pistas sobre Agnes fue una bocanada de aire fresco para ambos.

Era como un hotel de lujo del plano humano, pero con solo la paleta de colores oscuros disponible. Además, los huéspedes no eran muy similares a nosotros.

La sala de espera estaba repleta de monstruos del inframundo leyendo el periódico, pidiéndole a sus hijos que se calmasen o cortándose las uñas allí mismo. La mayoría iban con trajes elegantes y perfectamente peinados con cierto rollo ochentero. Los botones, con esos sombreros redondos, iban y venían mientras oleadas de subterráneos entraban y salían del hotel. Al quedarnos paralizados tanto tiempo contemplando uno a uno todos los monstruos que había allí, ellos empezaron a mirarnos a nosotros. Intentando mantener la calma y guardar las apariencias, nos acercamos a la recepción iluminada con luces artificiales muy tenues. Toda la estancia se sumía en esa luz lúgubre.

La recepción estaba atendida por un zombi. Era horrible, nauseabundo. Prefería no mirarle directamente porque de su rostro se desprendían pedazos de piel que caían a la mesa. Mejor tampoco olerle. Desprendía un fuerte tufo a humedad con suciedad. ¿Sería ese el olor a muerte?

—Buenos… Bueno, buenas noches —saludó Natalia.

El zombi abrió la boca, pero no dijo nada. Pudimos oler su desagradable aliento. La pestilencia nos hizo toser, y a mí, casi vomitar. Volvieron a abrir la puerta principal del hotel, momento en el que entró una fuerte ráfaga de aire y el pañuelo de mi amiga salió volando. Inconscientemente, corrió tras él, pero lo hizo a su particular ritmo supersónico. Al ver su reacción, todos los presentes se fijaron en ella y también en su tatuaje, que brillaba con fuerza. Los dos nos quedamos inmóviles.

—¡Son ángeles! —gritó uno de los presentes.

En ese momento fui hacia Natalia y la levanté del suelo porque se había quedado completamente petrificada. Nada más hacerlo echamos a correr juntos.

Nos bloquearon la puerta de salida, así que subimos las escaleras a toda velocidad. Llegamos a la primera planta, avanzamos a la segunda. Sentíamos los pasos muy cerca de nosotros y los gritos y aullidos que nos acechaban. Seguimos y seguimos corriendo escaleras arriba, hasta llegar a la tercera y última planta. Al final del pasillo había un gran ventanal y me dirigí hacia allí. Cuando Natalia se dio cuenta de que mi propósito era atravesarlo y caer al vacío, intentó resistirse, aunque casi no lo noté.

—¡No! —exclamó atemorizada y temblando.

Cuando estaban a punto de alcanzarnos, me precipité hacia el gran ventanal con el codo derecho por delante y el brazo izquierdo rodeando la cintura de Natalia.

12
LIÁNTROPO

Corrimos y corrimos sin parar. Habían dejado de seguirnos, pero no nos detuvimos ni un segundo. Atravesamos calles tan estrechas que teníamos que pasar uno detrás del otro. En todas ellas vimos manchas de sangre negra y suciedad invadiéndolo todo. Era repugnante. Por allí no había vehículos aparcados y casi no nos cruzamos con subterráneos. Había zonas con un hedor tan fuerte que incluso me paré un segundo agarrándome de la garganta sin poder parar de toser. Natalia me rodeó con los brazos y me obligó a avanzar sin dejar de mirar a sus espaldas.

Fue entonces cuando vimos lo que parecía ser un bar en el que, en letras de neón, debía poner «Licántropo», pero una de ellas estaba fundida y solo se leía «Liántropo». Así sonaba aún peor. Entramos con timidez.

Había una manada de unos diez lobos. Dos de ellos se peleaban, uno gigantesco era de color negro y el otro, marrón. Daban miedo, pero los demás parecían no prestarles atención y estar pasando un buen rato entre amigos y cervezas. Recordé vagamente que los licántropos comían humanos. ¿O estaba confundido? No, creía recordarlo bien. Los nervios a partir de ahí solo fueron en aumento. Nos sentamos a la barra y una gran mujer lobo, desde detrás de esta, vino a atendernos.

—¿Qué tomaréis? —preguntó con voz grave limpiando con un trapo sucio un vaso aún más sucio.

—Agua —respondió Natalia con un hilo de voz.

La mujer lobo se la quedó mirando y ella se puso muy tensa.

—Con gas —completó, intentando que su voz sonara menos aguda.

La mujer lobo se quedó aún más sorprendida.

—¿Qué hay? —pregunté intentando salvar la situación con total tranquilidad.

—Suponiendo que seáis vampiros, tengo sangre de animal o sangre humana. ¿Cuál queréis? —nos respondió con recelo.

—Humana —respondí, y me giré hacia Natalia, que me miraba horrorizada—. Para ella también.

—¿De qué tipo? —Siguió observándonos fijamente.

Intenté esforzarme en no mirar su inmensa boca, su pelaje denso y enmarañado y sus ojos retadores.

—Tipo… cero —dijo y tragó saliva Natalia.

—¿Universal? —le preguntó sin abandonar su tono hostil.

—Sí, ese. Para él también. —Me señaló.

Natalia apretó mucho los dientes. La mujer lobo asintió y se fue dentro de lo que sería la cocina.

—Casi cuela —musitó un vampiro desde el final de la barra.

—¿Cómo dices? —pregunté extrañado.

—Que casi cuela. *Casi* conseguís parecer que sois vampiros. —Sonrió sin mirarnos.

—¿Nos estás diciendo que no somos vampiros? ¡Menuda falta de respeto! —exclamó Natalia haciéndose la ofendida.

Al fondo del bar los licántropos seguían la pelea sin tenernos en cuenta.

—¿Veis? Eso nunca lo diría un vampiro —nos dijo sonriendo con más fuerza y mirándonos al fin.

Era un chico pálido y alto. Tenía el pelo castaño y los ojos muy oscuros. Llamaba mucho la atención por su extraordinaria belleza.

Se levantó y vino hacia nosotros. Nos tendió la mano.

—Soy Daitay —se presentó mientras me estrujaba la mano—. Soy un gran fan vuestro.

—¿Qué? —preguntó incrédula Natalia.

En ese momento nos trajeron los dos vasos de sangre. Mi amiga, asqueada, se llevó uno a la boca intentando disimular.

El vampiro esperó a que la mujer lobo se fuera para seguir hablando.

—Sois dos de los medio-ángeles que derrotaron a Satanás. Muy bueno. Todo el submundo sabe lo que hicisteis. ¡Como para no saberlo! Matasteis al jefe supremo.

—Eso no es… —empecé a negar.

—Os han reconocido en el hotel —me cortó él sin dejar de sonreír.

Su mirada era profunda y segura y eso me hacía sentir incómodo y expuesto, como si fuera capaz de leerme la mente.

—¿Y cómo sabes tú eso? —pregunté tenso.

—Yo estaba allí —respondió alzando los brazos como si nada y sorbió de su copa.

En ese momento, Natalia escupió toda la sangre que había intentado tragar. La propietaria del bar la miró sorprendida.

—¡Qué guasa tiene! —Daitay me dio un golpe en la espalda disimulando.

La mujer lobo siguió a lo suyo.

—Patry e Idrick os buscan, ¿qué hacéis aquí? —preguntó en voz baja mirándonos como si estuviéramos locos.

—Intentamos averiguar dónde está nuestro amigo Javier. Agnes lo ha raptado —le susurré.

Al fin y al cabo, habíamos viajado hasta allí y arriesgado nuestras vidas para poder hablar con algún subterráneo y rastrear información. ¿Qué mejor oportunidad que preguntarle a un vampiro que nos había reconocido y no parecía tener intención de dañarnos? Aun así, con sutileza, pegué la rodilla a la de Natalia y puse la mano derecha sobre el *reloj* que William nos había dado. Estaba preparado para salir de allí junto a Natalia en cualquier momento.

—¿Agnes? Pero ¿no os ayudó?

El vampiro parecía verdaderamente sorprendido. Si estaba sorprendido sería porque no sabía nada y si no sabía nada ¿qué sentido tenía seguir allí con él?

—Por lo que veo, los cotilleos en el submundo van un poco atrasados —se burló Natalia por lo bajini.

—Agnes ahora está en nuestra contra —le informé.

—Y habéis venido aquí para descubrir alguno de sus movimientos —dedujo Daitay.

—Exacto.

—Para empezar, aquí no encontraréis nada. Agnes es muy indiscreta, si hubiera estado en el submundo todos nos habríamos enterado, al igual que sabemos que Patry e Idrick están urdiendo un plan contra vosotros y obligarán a todos los subterráneos a luchar. Incluso a los que no luchamos en la batalla con Satanás.

—Mira qué bien —comentó Natalia remarcando la ironía en su tono.

—Así que, esté haciendo lo que esté haciendo, no parece que busque a nadie aquí. Al menos no ella en persona. —Se quedó pensativo—. Aunque sí que hay ciertos movimientos recientes que podrían ser bajo sus órdenes...

—Entonces, si no sabes dónde está Agnes, ¿cómo esperas ayudarnos? —le pregunté muy serio. Él se me quedó mirando, cambió el peso de un pie a otro y alzó las cejas. Ahí lo entendí todo—. No, de ninguna manera. Olvídate —me negué con contundencia.

—Ángel, nos vendría bien tener a un subterráneo de nuestra parte. Él conoce cosas que ni siquiera tu abuela o William saben porque él vive aquí. Nos puede brindar una gran ayuda en casa. Aunque, claro, nos tendría que prometer que no cometería ninguna atrocidad. —Natalia me agarró con fuerza del brazo.

—¿Pretendes que nos lo llevemos a casa? —le susurré incrédulo con los ojos abiertos de par en par.

—Habláis de mí como si fuera un animal —se quejó Daitay.

—En parte, lo eres. —Le miré poniéndome nervioso ante la idea.

—No soy un animal —se volvió a quejar, incómodo—. Si no tuviera autocontrol, ya estaríais muertos. Mientras vosotros intentáis beberos sangre humana, yo estoy bebiendo sangre de animal. —Tomó aire con fuerza—. Aunque sea un vampiro, no hay nada de los vampiros o los subterráneos que me represente. No soy un asesino, no estoy a favor de los demonios ni del caos ni de la oscuridad. Odié convertirme en vampiro y odio que por el hecho de serlo no tenga opciones a vivir otra vida más... luminosa, digna, acorde a mis ideales.

—Por mí te podrías venir —le dijo Natalia encogiéndose de hombros.

—Por mí, no —dije muy serio.

—¿Por qué no? —me preguntó Natalia.

Miré a mi amiga sin comprender cómo ella no lo entendía, cómo era capaz de verlo tan factible.

—Le acabamos de conocer y es un vampiro. ¿Quién nos garantiza que no nos matará? ¡A saber qué cosas podría hacer! —El nerviosismo se apoderó de mí.

—Os puedo garantizar que no beberé sangre de ningún humano, hace años que no lo hago. De verdad que quiero ayudaros, creedme. —Daitay se llevó la mano al pecho—. En contra de mi voluntad, he vagado por estas calles durante tantos años que he perdido la cuenta. He intentado llevar la vida que anhelaba, aunque esté rodeado de tanta oscuridad, pero es imposible. Me convirtieron en contra de mi voluntad. Yo nunca quise ser *esto*. A pesar de ser un no-muerto conservo mi humanidad y mi voluntad por hacer lo correcto. Todo este tiempo, lo único que he soñado era que llegase un momento en el que dejara de existir para empezar a vivir.

Natalia se giró hacia mí.

—No volveremos a tener una oportunidad como esta, Ángel. Tener en nuestro equipo a alguien que conoce como la palma de su mano este plano, sus dinámicas y todo lo que se cuece aquí. Todo lo que se cuece aquí en *nuestra* contra. —Natalia me apretó el brazo con fuerza—. Tener una brújula en el submundo y no necesitar guiarnos por esa piedra que hemos visto antes que lo único que mostraba era muerte y sufrimiento. —Se acercó y me susurró al oído—: Además, si nos demostrase no ser digno de nuestra confianza, siempre podemos echarnos atrás. —Se separó y me apretó aún más el brazo—. Haré lo que haga falta por encontrar a Javi y sé que tú también.

La miré directamente los ojos y ella ni siquiera parpadeó, mostrándome lo convencida que estaba de ello. Le mantuve la mirada un rato más hasta que cerré los ojos, rendido. Natalia me había demostrado una vez tras otra que era una persona coherente, consecuente y que no daba puntada sin hilo.

—Vale, está bien. Pero como solo huelas la sangre de algún humano, te juro que… —No acabé porque mi amiga me interrumpió.

—Bueno, ya sabemos que tomarás las medidas necesarias si eso ocurre. —Me sonrió con algo de nerviosismo contenido.

—¿Eso significa que os podré ayudar? —preguntó Daitay con verdadero entusiasmado.

Natalia me miró con los ojos expectantes.

—Sí, supongo que sí. —Suspiré no muy convencido.

—Muy bien, pues vayámonos a casa —concluyó Natalia poniéndose en pie—. El olor a licántropo es horrible. Deberían ducharse de vez en cuando.

Salimos a la calle y buscamos un callejón donde poder activar el *reloj* que nos permitiera escapar de allí.

Tenía que pasar algún tiempo hasta que pudiera confiar plenamente en Daitay.

13

SORPRESA

Aterrizamos en el salón de William y allí estaba él, esperándonos, sentado en el sofá. Rápidamente se levantó con cara de alivio al ver que estábamos de vuelta, pero pronto su expresión se empañó al ver a Daitay. Lo analizó de arriba abajo.

—¿Quién es y qué hace aquí? —preguntó de forma tajante.

—Soy Daitay. Encantado de conocerle. —Le tendió la mano cortésmente, aunque el mago ni se inmutó.

—No te asustes, William. Sabemos que puede parecer una locura, pero Daitay ha escuchado rumores en el submundo que quizá puedan tratarse de Agnes. Somos consciente de lo arriesgado que es, pero pensamos que puede ser un gran aliado porque sabe más del plano demoníaco que todos nosotros juntos. Puede ser de mucha utilidad ahora contra Agnes, pero sobre todo contra Patry cuando llegue el momento —se adelantó Natalia antes de que Daitay pudiese decir algo más.

—Nos reconoció y nos ofreció su ayuda. Nos hizo la promesa de no cazar humanos y no causar estragos —completé, aunque no las tuviese todas conmigo.

—¿Y vosotros le creísteis? —pregunto él sorprendido.

—Señor, le aseguro que les seré de gran ayuda. Hace mucho que no bebo sangre humana, e incluso cuando lo hice fue por necesidad y desconocimiento de mi nueva condición. No albergo propósito alguno de volver a hacerlo en este momento. Desde que fui condenado a esta existencia que no es vida, aborrezco con toda mi alma aquello en lo que me he convertido. Por favor, deme una oportunidad —suplicó Daitay con la voz quebrada por la desesperación—. Les seré de mucha ayuda. Si en algún momento juzgáis que no soy más que un lastre o que mi presencia os es fastidiosa, me retiraré sin objeción alguna a los abismos del submundo.

Natalia y yo nos quedamos mirándolo al escuchar esa súplica que parecía haber viajado desde el mismísimo siglo XVIII. Seguramente la presencia imponente, elegante y atemporal de William le hubiera despertado el impulso de hablarle de una manera distinta a la que había empleado con nosotros en el submundo. Daitay parecía muy nervioso y ansioso ante la idea de que William le hiciera volver con solo un chasquido de dedos. Vimos como este analizaba el ceño fruncido del vampiro, la pose ligeramente encorvada y la mano firme en el pecho. Me fijé en que respiraba con irregularidad por la boca.

—¿Cómo has dicho que te llamas? —le preguntó William sin abandonar su contundencia.

—Daitay, señor.

—¿Nunca has querido ser vampiro?

—Siempre he deseado volver a ser humano —le aseguró con tristeza.

—Y por eso no bebes sangre humana… —concluyó William.

—En efecto.

William volvió a analizar con detenimiento a Daitay. Su ropa y pelo impolutos, ese olor dulzón que caracterizaba a los demonios y lo alto que era. Era una criatura lo suficientemente fuerte como para matarnos a los tres en lo que dura un pestañeo y, sin embargo, todo lo que nos transmitía era fragilidad y el deseo ferviente de ayudarnos.

—Vale, supongo que también estoy dispuesto a darte una oportunidad. Podemos intentarlo, pero ten por seguro que te estaremos vigilando de cerca. Ahora nuestro mayor inconveniente es tu abuela. —Se giró para mirarme serio—. No solo habéis ido al submundo sin su permiso, sino que os habéis traído a un vampiro en la bolsa de equipaje.

—Por no decir que en un hotel nos han reconocido y perseguido, y nos hemos visto obligados a saltar por una ventana —le conté de un tirón.

—¿Qué? —se alarmó William.

—Pero estamos bien, no te preocupes —le garanticé.

—Tú sí, pero ¿y tú, Natalia, estás bien? —le preguntó, preocupado, agarrándola de un brazo y dándole la vuelta para ver si estaba herida.

—Sí, estoy bien. Ángel amortiguó mi caída. —Rio la chica.

—Entonces, si todo está bien, vayamos a casa de tu abuela cuanto antes a explicarle todo esto y crucemos los dedos para que no le dé un infarto —concluyó William agarrando las llaves del coche que estaban sobre la mesa.

Los cuatro salimos a la calle.

—Qué cosa tan extraña estar de nuevo en el mundo humano después de doscientos cincuenta años.

—¿En qué año naciste? —preguntó Natalia.

—Me convirtieron en 1763. He vivido mucho más en el submundo que en el mundo humano —dijo con amargura Daitay.

En ese momento la desconfianza que me generaba quedó a un lado para dar paso a la pena. Doscientos cincuenta años encerrado en el submundo y en un cuerpo que nunca cambia. Doscientos cincuenta años odiándose a sí mismo y esperando a que alguien como nosotros le ofreciera una oportunidad de poder intentar llevar una vida humana normal.

Sí, quizá pudiéramos confiar en él. Quizá su deseo de estar entre humanos fuera más fuerte que el instinto de alimentarse de ellos. Subimos al coche y fuimos hacia la casa de mi abuela.

14

RIÑA

Cuando llegamos a casa de mi abuela, el corazón se me aceleró. Mi hermana abrió la puerta.

—Habéis ido al submundo, ¿verdad? —espetó a bocajarro.

—¿Cómo lo has sabido? —le pregunté arrugando el entrecejo.

—Por la ropa que lleváis, porque habéis traído a un vampiro y porque sé que sois muy cabezotas. No tenéis remedio. —Suspiró Jessica negando con la cabeza—. Entrad, entrad.

Todos nos dirigimos al jardín, menos Daitay, que se quedó mirándonos desde el umbral.

—Daitay, ¿por qué no vienes? —le preguntó Natalia—. No tengas vergüenza.

—Los vampiros no podemos entrar en una casa a no ser que el propietario nos invite a hacerlo —nos explicó—. Si tu abuela no me invita a pasar, tendré que quedarme en la puerta.

—Vale, pues… Espera ahí. Ahora volvemos.

Natalia y yo salimos al jardín.

—¿Qué habéis hecho? —preguntó enfadada Elisa.

—Abuela…

—Ni abuela ni nada. ¡¿Cómo os atrevéis?! Me preocupo más que nadie por vuestra seguridad y siempre estáis igual. ¿Por qué cuando hablo no me hacéis caso? —gesticulaba con intensidad, su rostro transmitía desesperación—. ¿Quiénes fueron a buscar a Agnes al psiquiátrico? ¿Y quién es la que nos acecha en estos momentos? ¡Quién sabe si ese vampiro es de fiar! ¿Por qué estáis tan seguros de que no es igual que Agnes?

—Porque él no nos ha pedido nada a cambio. Si pretendiera matarnos o matar a cualquier persona, ya podría haberlo hecho. En el caso de Agnes fuimos nosotros los que le suplicamos, ahora ha sido a la inversa. Hay una gran diferencia —le dije de carrerilla para que no me interrumpiese.

Se me quedó mirando con los ojos afilados como cuchillas.

—No es motivo suficiente. Me da igual lo que me digas. No me fío. —Elisa dejó de gritar, pero no su convicción.

—De Agnes no te fiaste ni un solo segundo y acertaste, pero no tiene por qué ser igual —intenté convencerla acercándome a ella con cariño.

—Mi intuición no me falló y esta vez tampoco lo hará.

—Abuela, no puedes comparar una cosa con la otra. Hay mucha diferencia entre Daitay y Agnes. Si al menos le conocieras… —insistí.

—¿Daitay? —se extrañó ella.

—Es el nombre del vampiro.

—Ah, ¿que tiene nombre? —musitó entre los labios.

—¡Abuela! Que no confíes en él no significa que le debas faltar al respeto —me enfadé.

Mi abuela se quedó callada y tragó saliva, incómoda, reconociendo que se había equivocado.

—Dale una oportunidad —le pedí más calmado asiéndola de las manos.

—Lo mismo me pediste con Agnes —me recordó.

—A Agnes la conocías de muchos años y sabías que no era de fiar, pero no sabes nada de Daitay, no tienes motivos para desconfiar de él. Solo te riges por el miedo que te producen los subterráneos, pero puedes comprobar por ti misma que no hay ni punto de comparación en el momento en que lo dejes entrar por esa puerta. —Mantuve la calma.

—¿Por qué motivo debería hacerlo?

—Porque si no nunca lo sabrás, y tal vez, solo tal vez, cuando recapacites, te arrepientas de haberle prejuzgado. Agnes es la prueba de que no todos los seres con sangre angelical son ángeles. Quizá Daitay nos demuestre que no todos los subterráneos buscan muerte y destrucción. —Le acaricié el dorso de la mano sin dejar de mirarla a los ojos.

—Me puede costar cualquiera de vuestras vidas el darle esa oportunidad, Ángel —nos expresó con temor.

—Una de las reglas de Daitay es que no bebe sangre humana —le expliqué.

—¿Y quién lo dice?

—Él lo dice.

—¿Y te lo crees?

—¿Acaso tengo otra opción?

—Sí, devolverlo al submundo, que es a donde pertenece. —Su tono cada vez volvía a ser más duro—. Ya no es de naturaleza humana, ¿no lo entiendes?

—¿A qué tienes miedo?

—A perderos. Por supuesto.

—¿Tienes miedo ahora y no lo tuviste a la hora de permitirnos combatir contra Satanás? —le pregunté soltándole las manos.

—Satanás nunca se me ha presentado en la puerta de casa —se excusó.

—No, pero sí era mi profesor de Naturales.

—Nadie lo sabía.

—Ni nadie sabe si Daitay será malo.

—Por la misma razón, no sabemos si será bueno.

—Por favor, abuela. Te he dado razones más que suficientes... —le rogué.

Me miró fijamente y luego analizó a Daitay, que seguía sin moverse del umbral con el rostro expectante. Sabía que había oído nuestra conversación desde la puerta.

—Como solo se le pase por la cabeza... —empezó a ceder ella hundiendo el rostro entre las manos.

—No lo hará —le aseguré.

—Daitay —carraspeó—, puedes pasar.

15

DAITAY

Daitay entró con timidez en la casa y vino al jardín.

—Hola —saludó con un hilo de voz.

—Hola, siéntate. —Le sonrió Natalia señalándole una silla.

Se sentó a su lado y le devolvió la sonrisa como agradecimiento.

—Bueno, Daitay, ¿qué nos puedes contar de ti? —preguntó Elisa completamente fría.

—Lo primero que quería decirles es que gracias por darme una oportunidad, no les defraudaré. En segundo lugar, le prometo que no beberé sangre de ningún humano. Respeto demasiado sus vidas —contestó, mirando a mi abuela a los ojos, sin titubear.

—¿No sientes ganas de hacerlo? Al fin y al cabo, es tu instinto —preguntó ella sin apartar la mirada.

—Sus vidas no valen menos que la mía. No es mi instinto asesinar humanos.

—¿Y asesinar a animales sí? —le preguntó fingiendo sorpresa.

Natalia y yo nos mirábamos de soslayo conteniendo el aliento.

—Vosotros, los humanos, coméis animales. Yo bebo su sangre. Es lo mismo —le contestó.

—Daitay... No había escuchado nunca ese nombre.

—Daitay no es mi nombre de nacimiento. Al morir y convertirme en vampiro supe que empezaba una nueva vida, si es que se le puede llamar así, y que debía cambiar mi nombre. Es algo que la mayoría de vampiros hacen, es parte de la aceptación. *Daitay* significa, literalmente, 'demonio'. Hace doscientos años era común que en el submundo nos refiriéramos así a nosotros mismos coloquialmente.

—¿Y qué comerás mientras estés aquí?

Mi abuela empezaba a incomodarse porque no era capaz de encontrar un solo titubeo, duda o señal de mentira en la voz del vampiro. Se revolvía nerviosa en la silla quedándose sin temas con los que ponerle en jaque.

Daitay siguió hablando con total tranquilidad:

—Por eso no debe de preocuparse. Puedo alimentarme de cualquier animal. No le supondrá ningún problema, se lo aseguro.

—Si no encuentras ningún animal del que alimentarte, tu sed hará que te alimentes de alguno de nosotros. —Le retó con la mirada.

—Le impresionaría el autocontrol que tengo, señora. Como le he dicho, ninguna vida humana vale más que la mía, y esa convicción es mucho más fuerte que el hambre —le replicó Daitay.

—¿Sabrás combatir contra el ejército demoníaco, contra tu propia naturaleza? —le preguntó mi abuela subiendo de tono.

Ella ya había empezado a tomar el aire con fuerza por la boca y la nariz, suspirando sin parar, intentando buscar en su mente cualquier pregunta que le desarmara.

En ese momento vi la mirada suplicante de Natalia, puesto que no se sentía con la confianza suficiente de pedirle a mi abuela que detuviera ese interrogatorio incesante. William permanecía en silencio, también nervioso, pero no por Daitay, sino por Elisa. Ese estado le impediría alzar la voz, lo conocía bien.

—No les tengo miedo —contestó muy serio.

—Abuela —carraspeé para dejar salir las palabras—, creo que Daitay debería descansar y nosotros podemos... —Alzó la mano para que me callara sin dejar de mirar directamente a los ojos del vampiro.

—Mi nieto tiene razón en eso. Deberías de descansar. —Bajó la mirada, tragó saliva y soltó todo el aire de sus pulmones—. Confiaré en ti, Daitay. No nos falles.

Elisa se puso en pie como si soportara un gran peso en la espalda.

—¿Irá al instituto? —preguntó de pronto Jessica.

—De momento es mejor que se quede en casa —contestó mi abuela.

—Te podrías quedar conmigo —ofreció William a Daitay.

—Me parece bien, gracias —respondió el vampiro sonriéndole.

Elisa nos miró a mí y a Natalia y nos dijo:

—Id a cambiaros, haced el favor. Por hoy ya hemos tenido suficiente submundo.

16

DE NUEVO

Al día siguiente, como siempre, Natalia vino a por mí para ir al instituto. Dimos las tres primeras clases con total normalidad y luego salimos al patio. Desde que Javier no estaba, Natalia pasaba los recreos conmigo y arrastraba con ella a Nerea. Sin embargo, ese día su amiga no nos acompañaba y fue algo que mis oídos agradecieron.

Aprovechamos la total libertad para poder hablar de nuestros asuntos. Aunque por supuesto toda nuestra atención se centraba en hablar de Javi, Agnes y Daitay, había un duendecillo en mi cabeza que necesitaba hablarle de aquel beso. Solo un momento, solo para ser capaz de aplastar a ese duendecillo.

Como sabía que jamás se repetiría, necesitaba dejarlo atrás cuánto antes.

—Natalia —me miré las manos intentando controlar la vergüenza—, quería hablar contigo sobre lo que…

Ella, en lugar de contestarme, me puso la mano izquierda sobre las mías y con la derecha me señaló la pared en silencio.

Cuando me fijé vi que, camuflada como lo hubiese hecho un camaleón, había una figura humana, una chica.

—¿Gretel? —preguntó Natalia con el ceño fruncido.

La figura abrió los ojos, nos miró y se hizo visible. Era cierto, era Gretel, la nieta de madame Teodora.

—¿Natalia? ¿Ángel? —preguntó incrédula—. ¿Qué hacéis aquí?

—Eso deberíamos preguntarte nosotros —repliqué.

—Yo... vengo a clase aquí.

—Pensaba que estudiabas en casa.

—Sí, pero mi abuela murió este verano. —Se acercó un poco a nosotros.

—¿La mataron? —me alarmé.

—No, murió porque ya había llegado su hora.

—Ven, siéntate con nosotros. —Natalia le hizo un hueco entre los dos.

Con una sonrisa algo tímida le hizo caso.

—Pero pensaba que uno de tus poderes era revivir a los seres vivos —afirmé con cautela.

—Sí, pero la misma noche en que murió me dijo que no lo hiciera. Siempre pensé que llegado el momento usaría mi poder. Jamás imaginé que se negaría. Dijo que ya había tenido suficiente con esta vida y que no quería vivir una segunda. Tuvimos una larga y bonita despedida en la que me dijo tantas veces que me quería que perdí la cuenta. —Se le cortó la voz—. Durante las siguientes horas medité si hacerle caso o no, porque me aterraba la idea de vivir en un mundo en el que ella no estaba, en el que no podía hablar con ella, en el que no pudiera abrazarla. Pero respeté su decisión. Era su vida.

—Lo sentimos mucho, Gretel. —Natalia le rodeó los hombros.

—Sí, no teníamos ni idea.

—No os preocupéis. Ahora estoy mucho mejor, estoy aprendiendo a vivir sin ella y descubriendo un mundo nuevo. Venir al instituto es *toda* una experiencia. —Mostró una risa nerviosa.

—¿Cómo es que no te hemos visto por aquí? —le pregunté muy extrañado.

—Jamás he estado con nadie que no fuera mi abuela. Tanta gente a mi alrededor me intimida. Intento esconderme siempre que puedo, pero no os había visto. —Nos sonrió ampliamente—. La verdad es que me caísteis muy bien ese rato que vinisteis a ver a mi abuela.

—Sabes que ganamos, ¿no? —Le devolvió la sonrisa Natalia.

—Sí, me enteré al poco tiempo. Las noticias vuelan. ¿Es verdad que Javier ha desaparecido? —Su rostro se tiñó de preocupación.

—Sí, hemos ido al submundo para saber algo más, pero, bueno… —Suspiré—. Seguimos en ello. Lo único que sabemos a ciencia cierta es que Agnes es quien le ha raptado. No sabemos nada más.

Al ver mi expresión triste y desalentada, Gretel me tomó la mano y la apretó con fuerza para transmitirme buena energía. Mi corazón volvió a las pulsaciones normales y por primera vez en mucho tiempo sentí que parte del peso que me oprimía el pecho desde que supimos de la desaparición de Javi me dejaba. Gretel había usado su parte de bruja para darme algo de calma. La miré sorprendido y agradecido.

—¿Vives sola? —cambió de tema Natalia.

—Sí, pero cuando se den cuenta de que no vivo con nadie me llevarán a un centro de menores o a una casa de adopción o lo que sea. La verdad es que no sé qué se hace en estos casos. Cualquier opción me da escalofríos —se sinceró impotente.

—¿No tienes familiares?

—Mi abuela era todo lo que tenía. Ya no me queda nada. Los vecinos, los padres de compañeros o el mismo instituto pronto avisarán a la policía, y eso me da miedo —dijo con lágrimas en los ojos de nuevo.

Natalia la abrazó. Gretel le devolvió el abrazo y rompió a llorar. Apenas se conocían, apenas nos conocíamos, pero enseguida me sentí responsable de ella.

—Gretel, ¿conoces a mi abuela? —le pregunté.

17
GRETEL

Todos en casa se alegraron de ver a Gretel, aunque Jessica la miraba con recelo, dudando no de la bruja, sino del criterio de Natalia y el mío.

Elisa y Gretel hablaron brevemente de madame Teodora y de su fallecimiento. Mi abuela la tomó de la mano con fuerza mientras William le contaba que había conocido a Teodora durante su juventud y que le apenaba, de todo corazón, su pérdida. A Gretel se le escaparon varias lágrimas silenciosas al escuchar las palabras de cariño y admiración que Elisa y William le dedicaron a su abuela y fue entonces cuando se atrevió a mencionar lo sola que se sentía y que, en realidad, estaba.

—Pero si se enteran de que vives sola… —El mago dejó la frase en el aire.

—No sé qué pasaría en ese caso. Supongo que me llevarían a un centro de acogida o para menores hasta ser mayor de edad. —Bajó la mirada retorciéndose los dedos nerviosa.

Elisa y William se miraron de soslayo.

—¿Y no tienes ningún familiar al que acudir? —le preguntó mi abuela con dulzura.

—No, me temo que no. Solo tenía a mi abuela y ahora que se ha ido estoy sola. —Suspiró sin alzar la vista.

El rostro de Elisa ya no podía ocultar más el dolor que sentía al mirar a Gretel. Con el ceño fruncido, la respiración entrecortada y los labios fruncidos le preguntó:

—¿Te gustaría venirte a vivir aquí conmigo? Sé que no es la mejor solución, pero al menos evitarías muchos problemas. Tendrías tu propia habitación y baño y… —La frase se quedó en el aire cuando Gretel la abrazó con todas sus fuerzas.

Elisa la recibió con entusiasmo y la bruja rompió a llorar aliviada.

—Gracias, muchísimas gracias, de verdad— repetía sin dejar de abrazarla y llorar.

—Puedes empezar hoy mismo la mudanza, no hay ningún problema. —Le acarició el pelo mi abuela.

En ese momento llamaron al timbre. Me levanté para abrir al mismo tiempo que escuchaba a William decir: «Será Daitay».

El vampiro me recibió con una gran sonrisa.

—Hola, Ángel —me saludó entrando en casa—. ¿Qué tal todo?

—Muy bien. —Le devolví la sonrisa—. Ven que te presentemos a Gretel. Estamos fuera en el jardín.

Daitay enseguida fue hacia ella y le tendió la mano. Gretel se la estrechó sin parpadear siquiera.

—Soy Daitay.

—Yo me llamo Gretel.

Se miraron a los ojos fijamente. En ese momento Gretel apartó la mano que le había tendido con los ojos como platos, nerviosa y crispada.

—Es un vampiro —nos informó como si no lo supiéramos aterrorizada.

—Y tú una bruja. —Le sonrió.

—Sí, pero yo no tengo nada que ver con los demonios —respondió con firmeza dando un paso atrás.

—Yo tampoco. —Se irguió Daitay incómodo.

—Eres un *vampiro* —replicó con más énfasis todavía.

—Pero él es de fiar. Nunca le hubiéramos traído si no fuera así. —Natalia le habló con dulzura a Gretel poniéndose en medio de ambos.

—Os sorprendería lo bien que saben mentir.

—Compruébalo por ti misma —intervino con mucha calma William.

—¿Qué? —Se giró a mirarle con el ceño fruncido.

—Mira cómo es su alma con tu magia. Comprueba por ti misma si Daitay dice la verdad. —Se cruzó de piernas con tranquilidad.

Vi que tanto Daitay como Gretel se miraron con desconfianza y tragaron saliva al mismo tiempo. La bruja tomó mucho aire por la boca intentando que su corazón se calmara.

Gretel, insegura, se adelantó unos pasos hacia Daitay, los mismos que había retrocedido. Asió una de sus manos y la puso entre las suyas. Las de ella parecían pequeñas y delicadas al lado de la del vampiro. Gretel cerró los ojos y se concentró. Daitay hizo lo mismo. A la chica la recorrió una especie de escalofrío de la cabeza a los pies. Pasaron escasos segundos antes de que dejara libre su mano y abriera los ojos. Lo miró con curiosidad y con una pequeña sonrisa.

—¿Qué te ha parecido? —preguntó William contento como si ya supiera la respuesta.

—Es puro —contestó Gretel sin apartar sus ojos negros de Daitay.

Él esbozó una débil sonrisa hinchando los pulmones de felicidad.

—Bueno, si todo esto ya ha terminado, creo que podríamos irnos ya a casa, ¿no? —Jessica interrumpió ese momento mágico con tono de hartazgo.

—Yo también me iré a casa —asintió Natalia.

—¿Mañana qué día es? —preguntó repasando mentalmente los días de la semana mi abuela.

—Sábado —le dije poniéndome en pie para irnos.

—¡Ah, perfecto! Mañana a primera hora nos vemos en casa de madame Teodora para hacer la mudanza —sentenció sin dejarnos espacio a la réplica.

18
LA MUDANZA

—Primero deberíamos ordenar la habitación con los objetos mágicos —nos indicó Gretel.

Todos nos encaminamos hacia allí. Daitay y yo cargamos con cajas de cartón para guardar las cosas. El cuarto permanecía idéntico que aquella vez. Igual de misterioso y terrorífico, con los potingues, las caretas de madera aborígenes y las cabezas de muñecas.

Cada uno de nosotros agarró una de las cajas de cartón y se puso a guardar todo lo que cabía en ellas mientras Gretel nos repetía una y otra vez «Cuidado con eso, que es muy frágil» con todos los artilugios que agarrábamos. Después de un rato, cuando las cajas estaban atestadas, mi hermana, mi abuela y William se fueron con el coche lleno de ropa e instrumentos mágicos a casa.

—No creo que tengas suficiente con una sola habitación —le comenté mientras veíamos al coche alejarse.

A Gretel le quedaba la parte más dura: cerrar la puerta. La *esencia* de su abuela siempre estaría allí. Gretel iba a dejar atrás la etapa de la vida con su abuela, en la que se formó para ser bruja, escondiéndose como medio-ángel.

A partir de ese momento, todo viviría únicamente en su recuerdo. Al final, se armó de valor y, con un nudo en el estómago y sorbiendo las lágrimas, cerró la puerta y abrió otra, la de su futuro más cercano del que nosotros íbamos a formar parte.

Gretel llevaba entre sus manos una maceta que me recordó a lo que nos llevó a saber que ella era como nosotros: ver cómo revivía una planta.

—¿Cómo lo llevas? —le preguntó Natalia mientras íbamos de camino a casa de mi abuela.

—Lo mejor que puedo, no es nada fácil dejar atrás la única vida que he conocido —contestó con gran pesar.

—Tranquila, el dolor poco a poco pasará y solo quedarán los recuerdos. Mientras tú vivas, ella seguirá en tu corazón. —Daitay la agarró del hombro para mostrarle su apoyo.

—¿Tú has perdido a muchos seres queridos? Quiero decir..., al ser un vampiro y vivir tantos años supongo que sí —le dijo Gretel.

—Más de los que hubiera deseado —contestó con una sonrisa triste.

—¿No tienes ningún pariente vampiro? —preguntó entonces Natalia.

—Mi hermana. —Su rostro se volvió sombrío.

—No sabíamos que tenías una hermana. —Miré a mi amiga para comprobar si eso era cierto, a lo que ella me dio la razón.

—Se llama Alma. Ella se cambió el nombre, igual que yo, al empezar esta nueva vida. Como carece de alma por ser un vampiro, pensó que era el mejor nombre que podía elegir.

—¿Ya no habláis? —le pregunté.

—No, piensa que soy el culpable de que sea inmortal, cuando no es así.

Pasamos por un bonito parque, encontramos un banco y decidimos sentarnos allí para escuchar su historia.

—¿Quién te convirtió en vampiro? —se atrevió a preguntar Natalia.

—Mery. Era una chica preciosa, heredera de una gran fortuna, mientras que yo apenas poseía un mendrugo de pan. La mía no era de las familias más pobres, pero quedaba muy lejos de ser de las más ricas.

—¿Y qué ocurrió? —preguntó interesada Gretel.

—Un buen día ella y «su padre» vinieron a hacernos una visita. Los míos, con un respeto grandísimo, los invitaron a pasar. Aún recuerdo la primera vez que la vi.

»Venían a comprar nuestras escasas tierras por una gran fortuna que nos convertiría en ricos, pero al final no se quedó con las tierras, sino conmigo. Primero pensé que fue un flechazo mutuo y que quería tenerme con ella por siempre. Me llevé conmigo a mi hermana pequeña. Pasaron unos meses y el amor que sentía por Mery aumentó desmesuradamente. Al final, lo que más deseaba en el mundo se cumplió.

—¿El qué? —preguntó desesperada Natalia.

—Ella quería ser mi «pareja». Creía que su amor era mío, lo que no sabía es que era yo el que le pertenecía. Una noche, mientras paseábamos a la luz de las estrellas, me convirtió en vampiro. Faltó un pelo para que me matara, pero no me drenó. Ella se excusó con que había sido un accidente. En aquel momento la creí, pero el alma se me cayó a los pies cuando vi con mis propios ojos que mordía también a mi hermana. Pero ahí no quedó la cosa. No fui el único en presenciar aquella espantosa imagen y los humanos que fueron testigos corrieron a buscar refuerzos en el pueblo. Mataron a Mery y dieron por muerta a Alma, pero yo no.

—¿Y qué hiciste? —quise saber.

—Fui a buscarla y a los dos días despertó, cuando yo también la iba a dar por muerta. Al cabo de dos años deambulando sin casa, sin más compañía y completamente desesperanzados, Alma comenzó a hacerme culpable de todas nuestras desgracias, incluido que fuera una vampira. Decía que yo debí darme cuenta de que Mery era una demonio. Esa noche, en mitad de la oscuridad, escapó. Fue entonces cuando decidí ir a vivir al submundo intentando aceptar lo que era, me cambié de nombre y asumí que Alma me odiaba —finalizó Daitay muy afligido.

—¿Cuánto hace que no ves a tu hermana? —le pregunté.

—Doscientos cuarenta y ocho años.

Natalia se llevó la mano al pecho con la boca completamente abierta.

—¿«Mery» también tiene un significado oculto? —preguntó Gretel.

—Nunca llegó a explicármelo, pero años después me enteré de que, igual que *Daitay* significa 'demonio', *Mery* significa 'bonita' —nos explicó.

Natalia tragó saliva y carraspeó antes de preguntarle:

—¿Te has olvidado de Mery?

—Mentiría si dijera que hay una parte de mí que no la quiere, porque soy muy consciente de que parte de mi corazón siempre será suyo. Pero la otra parte solo guarda rencor y resentimiento. Ella nos hizo *esto*. Ella nos condenó eternamente a esta no-vida. —Se quedaba casi sin voz—. Pero sí. He conseguido olvidar la mayoría, gran parte, por mi propio bien.

—¿Y tu hermana? ¿No sabes nada de ella? —le preguntó Gretel.

—Hace doscientos años llegó hasta mí cierta información de que se unió al ejército de Satanás. Por eso, aunque en lo más profundo de mi ser odiaba la idea, durante unos años me uní a ellos para encontrarla. Fue en vano. Aun así pude conocer a mucha gente. De hecho, una de ellas se fijó en mí. —Daitay carraspeó con fuerza.

—Y esa persona se llama… —le dijo Natalia divertida.

Lo que parecía una bajada en la tensión de la conversación solo fue el inicio de la escalada.

—Patry.

De no haber estado sentado, seguramente lo habría necesitado. Sentí como toda mi sangre se helaba. Los tres nos quedamos mirando al vampiro esperando a que dijera algo más, pero él solo nos devolvía la mirada a la espera de que nosotros pronunciáramos algo.

—Esto… Esto no me lo esperaba —balbuceé.

—¿Qué? ¿Has salido con Patry? —medio gritó Gretel escandalizada.

—¿Salir? —Se la quedó mirando extrañado.

—Se refiere a que si fuisteis pareja —le expliqué.

—¡No! ¡Nunca! —se excusó él.

—Pero ¿entonces? —El ceño fruncido de Natalia cada vez era más profundo.

—Patry siempre se «enamora» a primera vista. Tenéis la prueba con Idrick. Me vio entre las filas de Satanás y durante un tiempo, que se me hizo eterno, no paraba de perseguirme. Hasta que la rechacé.

—¿Rechazaste a la hija del diablo? —se quiso aclarar Gretel sin aguantar la sonrisa.

—Sí. Patry no estaba acostumbrada a una negativa. Todo el mundo quería estar con la hija de Satanás, para pertenecer a la «élite». Pero yo no, a mí Patry me importaba muy poco. Yo había ido a buscar a Alma.

—¿Y qué hizo? —Natalia se recolocó muy nerviosa.

—Se enfadó muchísimo. Dijo algo como: «¿Qué te has creído? ¡Tú eres un simple vampiro! ¿Te atreves a rechazar a *la princesa del mal?*». Me amenazó de muerte, me intentó intimidar durante semanas hasta que consiguió que me fuera del ejército de su padre sin haber encontrado a mi hermana. Pero no todo quedó ahí...

—¿Qué más? ¿Qué más? —le presionó Gretel impaciente.

—Idrick. Al principio de estar con ella me tuvo unos celos que ni yo mismo podía comprender. Durante una temporada me dio caza y viví oculto en las calles y los hoteles más sucios y solitarios que encontré. Aunque al tiempo toda esa persecución terminó, creo que aún sigue deseando mi muerte. Realmente no logro entender su odio y fijación hacia mí. Ha pasado mucho tiempo y, para más inri, Patry y yo nunca tuvimos nada.

—Patry quería estar contigo, incluso de algún modo te hizo entender que le importabas, aunque fuese a su manera, pero en ese momento te quería a ti. La historia de Idrick es muy diferente. Tú le gustabas tal cual eras, sin cambiar nada. Sin embargo, él tuvo que adaptarse, cambiar toda su vida, para poder estar con ella. Pero, además, tuviste el valor de decirle que no —expliqué muy convencido de mis palabras.

19
A HURTADILLAS

De vuelta en casa de mi abuela todos ayudamos a Gretel a guardar sus cosas. Su habitación no era muy grande. Había una cama, un armario, un escritorio con una lamparita encima y una silla. Por una única ventana entraba mucha luz natural. Las paredes estaban pintadas de un color morado fuerte.

Gretel y Natalia empezaron a colocar todas sus cosas, mientras que Daitay y yo nos dedicábamos a subir las cajas. En uno de los últimos viajes que hicimos oí que arriba hablaban de mí. Me quedé fuera, pegado a la pared, para escuchar lo que decían.

—Ángel y tú… —empezó a susurrar Gretel.

—Ángel y yo, ¿qué?

—¿Estáis juntos? —preguntó por fin mientras yo oía el frufrú de sacar ropa de una maleta.

—No… Bueno, realmente no lo sé.

—¿Cómo que no lo sabes?

—Pues no, no lo sé.

—Ángel… es bastante guapo —dijo como si nada Gretel.

No pude evitar ponerme rojo.

—Sí, es *muy* guapo —le contestó Natalia con una media sonrisa.

Y el rojo de mis mejillas aumentó.

—Ese contraste de ojos azules y pelo negro…, alto, musculoso, con unas facciones muy bien definidas… En fin, guapísimo —concluyó Gretel y después se rio.

—Además, es listo, divertido, sincero, cariñoso… —completó Natalia con dulzura.

—Vamos, que te gusta —la cortó Gretel tirándole algo a la cara viendo que le invadía la vergüenza.

—Yo no he dicho eso —contestó ella con voz ruborizada.

—Pero se te ve.

—¡Qué va!

—Cuando vinisteis a casa de mi abuela ya me di cuenta de la química que teníais y me quedé con la duda, pero ahora ya no la tengo.

Gretel se levantó para colgar ropa en perchas y retrocedí un par de pasos para que no me viera por la rendija de la puerta abierta. En ese momento me sentí mal de estar escondiéndome para escuchar una conversación obviamente privada, tomé aire para que el rojo de mis mejillas se desvaneciera antes de entrar, pero la pregunta que formuló Natalia me impidió moverme:

—¿A qué te refieres?

—Oh, venga. Tú lo quieres y él te quiere —dijo desesperada Gretel.

—¿Quién ha dicho que él me quiera? ¿O que yo le quiera a él?

—Solo digo lo que veo y estoy segura de que no soy la única que lo piensa. Y… ¿desde cuándo?

—Desde cuándo ¿qué?

—¿Desde cuándo le quieres? —Percibía la sonrisa en la voz Gretel.

—Que yo no le… Bueno, vale, desde hace… bastante. Conténtate con eso —admitió al final Natalia.

Un escalofrío, una honda, un temblor me recorrió todo el cuerpo y me erizó el cabello de la nuca. Me olvidé hasta de cómo llenar los pulmones de aire y de que podían pillarme en cualquier momento.

Era la primera vez que oía a Natalia reconocer que le gustaba. Yo, es decir, *yo* le gustaba a *ella*. Me fue completamente imposible no esbozar una sonrisa.

Le gustaba a Natalia.

Le debía una a Gretel sin ella saberlo.

—Te voy a sacar más información, no lo dudes —insistió Gretel sin dejar de sonreír.

Tomé aire varias veces. Primero por la nariz, después por la boca; primero por la nariz, después por la boca. Nariz, boca; nariz, boca. Logré ocultar mi enorme sonrisa y entré en la habitación dejando la caja en el suelo. Ambas se me quedaron mirando, luego se dedicaron una mirada significativa y me volvieron a mirar presas del pánico.

«Sí, vuestras sospechas son ciertas: os he escuchado», pensé. Pero dije:

—Esta es la última. ¿Necesitáis ayuda para guardar las cosas?

Natalia no dejaba de mirarme sin poder decir nada. Vi cómo intentaba leer mis facciones para adivinar si había escuchado algo, si la había escuchado admitir que le gustaba.

—No, no hace falta. Nos las apañamos, gracias —me contestó Gretel sonriendo de oreja a oreja.

20

DESTERRADA

Al cabo de unos minutos las dos bajaron y todos nos pusimos a comer. Intentando no mirar más de lo normal a Natalia, reparé en que Daitay y Gretel se sentían como en casa.

Cuando estábamos con el postre, llamaron al timbre.

—Ya voy. —Me levanté de la silla.

Abrí y vi una gata parda, regordeta, que me miraba con sus ojos verdes y la cabeza ladeada como intentando darme pena. Me asomé a la calle y no vi a nadie que la pudiera haber dejado allí.

—¿Qué pasa contigo? ¿No me reconoces? —me dijo la gata muy ofendida.

Como una ráfaga repentina, situé a la gata parlante sin esfuerzo. ¡Era Kissy!

Cuando fuimos a ver a Angélica para que nos prestara su ayuda, conocimos a Celeste —secretaria de Arc en Ciel— y a Kissy —mensajera de los ángeles—.

Kissy, sin preguntarlo, entró con paso airado moviendo el trasero de un lado a otro sin perder la elegancia que caracterizaba a los gatos. Llegó hasta el jardín, donde estaban todos terminando de comer.

—¡Hola a todooos! —saludó la gata.

Algunos gritaron de sorpresa.

—¡Kissy! —exclamó Natalia poniéndose en pie.

La tomó en brazos y enseguida Jessica fue tras ella para acariciarla con fuerza.

—¡No soy un peluche!

—¿Y tú quién eres, extraño gato? —preguntó Daitay dándole unos toquecitos con el dedo índice.

—En primer lugar, ¡quítame las manos de encima, vampiro! En segundo, *gato* no, *gata*, y en tercer lugar: soy Kissy, la exmensajera de Arc en Ciel —enumeró la felina con esa voz cantarina que la caracterizaba.

—¿Exmensajera? —quiso aclarar Natalia.

La gata suspiró sonoramente.

—¿Te acuerdas de que Celeste tenía un novio licántropo? Pues, bueno, los ángeles se enteraron y me quitaron mi trabajo y, encima, me desterraron por ser cómplice y facilitar su comunicación. ¿Tú te crees? ¡Muy fuerte! Antes de dejar mi puesto, vi que estabais haciendo de casa de acogida y he pensado que me podríais adoptar a mí, una adorable y dulce gatita. No doy nada de faena, como de todo y me encargaré de hacer todas mis necesidades en el jardín de algún vecino. —Kissy no tomó ni siquiera aire para decirnos todo aquello. Al ver que nadie respondía, que nos mirábamos entre nosotros, insistió—: Venga, por una más…

—¿Nos darás toda la información de la que dispongas sobre Agnes y Patry? —preguntó Elisa.

—Todo lo que sé. Os seré más útil que el vampiro —nos aseguró sin abandonar la sonrisa.

21
INFORMACIÓN

Todos nos sentamos en el sofá, aunque Gretel prefirió hacerlo en el suelo. Kissy se colocó delante de nosotros, encima de la mesa de la sala. Parecía una esfinge, con el rabo envolviéndole las patitas delanteras y el cuerpo bien erguido.

—Y bien, ¿qué nos puedes decir? —preguntó William, impaciente por conocer todos los detalles posibles.

—Demasiadas cosas. Comenzando con Agnes. Agnes no pretende organizar ninguna batalla como hizo Satanás, más bien todo lo contrario. Tiene varios contactos que os podrían hacer mucho mal. Prefiere mataros a todos antes que pasar por una pelea. Su plan B es pedir ayuda a las tres hermanas —nos informó Kissy sin moverse ni un ápice.

—¿Quiénes son las tres hermanas? —pregunté sin entender nada.

Daitay, adelantándose a la gata, nos explicó con semblante serio:

—Las tres hermanas tienen grandes poderes y solo las mueve el mismo fin: matar. Son los seres más mortíferos y sanguinarios que podéis encontrar. Los demonios, por naturaleza, no tienen poderes, pero un brujo las maldijo. Anne transmite la muerte con el tacto, te toca y…, bueno, creo que os hacéis una idea. Kris transmite la muerte con el aliento, algo bastante asqueroso, por cierto. Por último, Kati es, digamos, la líder y transmite «la enfermedad del sueño eterno» por medio de una mordedura parecida a la de un vampiro. Son tremendamente peligrosas. En el submundo son muy temidas y respetadas a la par.

—Sí, y por otra parte está Patry. Ella es mucho más cuidadosa que Agnes, que no lo es en absoluto. De Patry solo tenemos suposiciones. Creemos que querrá hacer lo mismo que su padre, pero nada sobre ella es seguro —nos informó Kissy.

—¿Y… Javier? ¿Qué sabéis de él? —preguntó Natalia retorciéndose las manos.

Antes de que Kissy respondiera, la tomé de la mano y me la apretó con fuerza. Un nudo se me formó en la boca del estómago.

—Nada. Solo tenemos hipótesis y no podemos ir a rescatarlo porque no sabemos dónde se esconde Agnes. Suponemos que está en algún punto del submundo. Además, Angélica no movilizará a sus tropas por algo así, ya que no tiene una magnitud tan grande como para tener que meter al ejército angelical. Al fin y al cabo, los medio-ángeles tienen el deber de mantener a raya las actividades demoníacas en el plano humano, así que es vuestro trabajo encontrarle.

—Esto me huele fatal… Madre mía… ¿Qué habrán hecho con él? —se lamentaba Natalia mientras se rascaba la frente, estaba nerviosa y con los ojos llorosos.

—Si al final Agnes envía a las tres hermanas, no tendremos nada que hacer contra ellas. Nos matarán antes de que demos un paso, ¿no? —sumó su preocupación Gretel.

—Hay que conseguir más medio-ángeles. —Mi amiga se puso en pie, de pronto, convencida.

—Sí, quizá si tuviéramos la ayuda de uno más la balanza se equilibraría hacia nosotros. Esto no va a ir de qué bando es más numeroso, sino de cuál tiene más talentos, más poderes, más protecciones. —Yo también me puse en pie asintiendo.

—Sí, claro, y que viva aquí también, ¿no? —Elisa negó con la cabeza—. Lo siento, pero no. Esa búsqueda alocada y sin orden es justo lo que nos ha traído hasta aquí.

—Pero, abuela, mira lo buenos que son…

Kissy me interrumpió:

—Oye, pero realmente sois estúpidos.

—¿Perdona? —Me giré para mirarla—. Creo que me he perdido en la conversación.

—¡Por la Diosa Blanca! Tenéis a Daitay, un vampiro, y a Gretel, una medio-ángel que es capaz de devolver la vida. Daitay sacaría mucho más partido y confiaríais mucho más en él si…

Daitay interrumpió a Kissy:

—Si yo fuera un medio-ángel. Yo soy un medio-muerto. Gretel no puede hacer que sea de nuevo humano, lo que sí podría es convertirme en medio-ángel, porque mi naturaleza puede invertirse; o sea, de vampiro puedo pasar a ser medio-ángel, pero no a ser un humano —aclaró—. ¿Entendéis lo que quiero decir?

—Creo que sí. Tendrías los poderes adecuados para combatir e incluso podrías hacer una vida normal como nosotros —sacó conclusiones Natalia.

—Un momento… ¿Convertirle? ¿Yo? —preguntó confusa Gretel.

—Por favor, Gretel —Daitay se arrodilló ante ella suplicándole—, solo tú puedes hacerlo.

—Solo he ejercido mi poder con las plantas de mi abuela y una vez con mi hámster Bigotas. Nunca he probado con alguien que fuese semivivo —dijo Gretel agobiada.

—Hablas de él como si fuera leche de supermercado —contestó Kissy a Gretel. Nos quedamos mirando a la gata—. Ya sabéis, por el «semi». —Se rio ella sola—. Da igual. Continuad con el drama.

Gretel no hizo caso del comentario.

—Podría salir mal, podría incluso matarte.

—Bueno, así acabarías con mi calvario de una forma diferente. —Le sonrió Daitay nervioso.

—Hablo en serio.

—Y yo también.

—Gretel, si en algún momento no te sientes segura, podrás echarte atrás, pero no creo que sea una mala idea intentarlo —intervino con calma Elisa.

Gretel meditaba y miraba de reojo a Daitay, quien ponía cara de pena solo de pensar que dijera que no. Todos nos quedamos petrificados, sin atrevernos a mover un solo músculo hasta que Gretel dijera algo. Tener un vampiro de nuestro lado nos hacía más fuertes, pero tener a otro medio-ángel con dones extraordinarios era una mejor opción. Además, eso haría feliz a Daitay. Si Gretel se negaba, la posibilidad de volver a la vida perseguiría a Daitay hasta el final de sus días.

La bruja lo miró con detenimiento sin abandonar los labios fruncidos. El vampiro balbuceó:

—Por favor.

Finalmente, Gretel suspiró y dijo:

—Está bien. Lo intentaré.

22

TRANSFORMACIÓN

Tras una larga conversación en la que Gretel nos explicó a todos, pero sobre todo a Daitay, los riesgos de la transformación, fuimos arriba. Uno en el que Gretel insistió era que no podía garantizar que fuera a funcionar, y si funcionaba existía la posibilidad de que conservara dones vampíricos.

La bruja nos indicó que pasáramos a la habitación y cerráramos la puerta. Natalia me tomó de la mano con fuerza, nos miramos y me sonrió. Le devolví la sonrisa ampliamente llenándome los pulmones de aire. Nuestra mirada se alargó más de lo usual y pude percibir un ligero rubor en sus mejillas.

Mientras Daitay respiraba con fuerza y los ojos cerrados para calmarse, Gretel bajó las persianas y corrió las cortinas.

—Voy a necesitar silencio absoluto —dijo la chica con contundencia cuando se acercó al vampiro.

En escasos segundos vimos una luz iluminarla y después a Daitay. Eran líneas doradas como estrellas fugaces formando espirales que quedaron suspendidas en el aire. Se convirtió en un espectáculo precioso e hipnótico. A pesar de estar ya muy acostumbrado a la magia y los seres mágicos, esa fue una escena espectacular que sabía que nunca olvidaría. La gracilidad y elegancia en los movimientos de Gretel, la expresión de calma en el rostro de Daitay y aquellas luces envolviendo la estancia y dejando una suave brisa fría a su paso.

De pronto esos destellos lentos y pacíficos se convirtieron en un remolino que voló hasta el techo de la estancia. Gretel tenía los brazos en cruz y miraba directamente a las luces. Vi cómo tragaba saliva antes de poner las manos en el pecho de Daitay y que todos los destellos dorados impactaran a toda velocidad contra el torso del vampiro.

Nos volvimos a quedar a oscuras. Nadie habló. Nadie se movió. Nadie salvo Gretel que volvió a abrir las cortinas y las persianas. Miró a William con los ojos llenos de lágrimas y susurró:

—No me atrevo a comprobar si está vivo.

William, como si esas fueran las palabras justas que llenaban su batería para ponerse en marcha, fue junto a Daitay y le agarró de la muñeca. Se rio sonoramente, lleno de emoción.

—Tiene pulso.

—Menos mal. —Suspiró aliviada mi abuela llevándose la mano al corazón.

Natalia y yo nos miramos sin mediar palabra con una sonrisa llena de alegría hasta que escuchamos sollozar a Gretel:

—Pero no se mueve.

—Tu parte ya la has hecho, ahora nos toca a nosotros. —Elisa se acercó para reconfortarla.

—Como tú bien has dicho, solo lo habías hecho con plantas, por lo que no sabes si tu poder deja inconsciente antes de devolver a la vida —la tranquilizó William—. Si lo piensas bien, lo más normal es que no abra los ojos de golpe.

—Ya, pero maté a Bigotas, el hámster —nos confesó con lágrimas en las mejillas. Todos la miramos sin ocultar la consternación—. No controlaba aún mi poder.

—Gretel, tranquila. No está muerto, tiene pulso. Se despertará, ya lo verás —la intentaba calmar William sin conseguirlo.

Gretel se mordía las uñas con nerviosismo. Natalia se acercó a ella y le apretó el hombro. La bruja le sonrió y le tomó la mano.

—¿Por qué no bajáis y bebéis un poco de agua? William y yo nos quedaremos aquí con Daitay —dijo mi abuela mirándonos con ternura.

23

JESSICA

Bebimos agua de pie en la cocina mientras Gretel se agarraba de la encimera con fuerza como si fuera a caerse en cualquier momento. Jessica le llenó un poco más el vaso de agua sin preguntar, la bruja le agradeció el gesto con una sonrisa. Mi abuela bajó un momento al salón a por un par de mantas y llegó a tiempo de escuchar la conversación.

—Kissy, ¿quieres agua en un cuenco? —le preguntó Natalia dejando su vaso en la pila.

Pero Kissy no dejaba de mirar a mi hermana con la mirada afilada. Tardó un poco antes de responder:

—No, estoy bien, gracias. Me estaba preguntando ahora mismo por qué Jessica obtuvo antes los poderes que Ángel. Es evidentemente más pequeña que él. —La miró a ella, luego a mí y de nuevo a ella.

Mi abuela se quedó petrificada en el salón.

—Alteraron mis poderes —contestó Jessica.

—¿Cómo? —pregunté atragantándome con el agua.

Jessica me miró y cambió el peso de un pie a otro y tras tomar mucho aire soltó:

—Pillé a la abuela y a William hablando de poderes. Decían que Ángel y yo tendríamos poderes sobrenaturales. Cuando me vieron no supieron qué hacer, si decir que era broma, que lo olvidara o cambiar de tema. Les pregunté por aquello y se vieron obligados a contármelo antes de tiempo —explicó Jessy sin mirarme a la cara.

—Pero eso no explica por qué obtuviste los poderes antes —insistí con un hilo de voz.

—Los ángeles se enteraron de que yo sabía de su existencia sin tener la edad necesaria —prosiguió—. Pero no les importó, más bien lo aprovecharon. La actividad demoníaca había subido un diez por ciento y era mi cometido hacer que volviera a bajar. Agnes no podía hacer nada, porque ya había entrado en el hospital psiquiátrico. Angélica decidió aprovechar que yo ya lo sabía para hacer que tuviera mis poderes a una edad temprana. Había un riesgo, un riesgo que decidió correr por mí.

—¿Qué riesgo? —preguntó Natalia.

—Dejarme sin poderes. Afortunadamente todo salió bien. A los seis años, casi siete, ya sabía cómo matar a cualquier ser sobrenatural que se me cruzara por delante. —Nos miró de pronto de una manera muy significativa a Natalia y a mí—. A vosotros no os han enseñado, en vuestro caso es algo innato porque los obtuvisteis de manera natural. A mí me lo habían alterado, no había seguido su curso *normal*. Además, por eso mismo no tengo la misma resistencia física que vosotros, me agoto antes y necesito reponer fuerzas porque si no me desmayo. Por eso la abuela opina que estoy mejor fuera de la batalla, porque ese agotamiento acelerado me hace mucho más vulnerable que a vosotros. Me privaron de ser una niña para saber lo que sé. Pero no me importó. Nada de eso nunca me importó. —En ese momento subió el tono—. Y ahora llegáis vosotros y sois los chicos de oro que lucharon al lado de los ángeles y vencieron a Satanás.

—Jessica, cálmate —le pidió con dulzura mi abuela.

—Vosotros sois la *pandilla* que va al cielo y al inframundo cuando le da la gana. Sois los que se pueden traer amiguitos vampiros ¡para luego convertirlos en uno de nosotros! También sois los que, si hacéis algo mal, luego os mandan a limpiar las calles de demonios, porque aun así siguen confiando en vosotros. —La rabia la consumía—. ¡Yo soy la que ha trabajado duro! ¡No vosotros!

—Ninguno eligió esto, Jessica —me defendí.

—¡Una cosa no quita la otra! —Se le llenaron los ojos de lágrimas de rabia—. Yo soy la que debería tener méritos concedidos y poder ir al cielo y al infierno, ¡no vosotros! ¡Tú eres el que me lo ha quitado todo! —me acusó—. ¡Todo me lo has quitado!

—Yo no he decidido esto y lo sabes —intenté conservar la calma.

—Chicos, tranquilizaos —pidió mi abuela poniéndose entre los dos—. Así no vais a llegar a nada.

De la impotencia que sentía, mi hermana se fue llorando y corriendo arriba y se encerró en la habitación de mi abuela.

Me senté en la silla sintiéndome abatido.

Sentí como si me acabaran de dar la última pieza del rompecabezas, una que se habían guardado en la manga.

Pude comprender por fin la personalidad de mi hermana, las miradas afiladas que a veces me dirigía, los comentarios sin pelos en la lengua que en los últimos meses había soltado… Jessica estaba resentida conmigo y probablemente me odiara por algo que nunca había hecho de manera consciente.

Me llevé la mano a la barbilla mientras mi abuela corría escaleras arriba en busca de Jessica. ¿Cómo los ángeles dejaron que una simple niña se enfrentara a los demonios? ¿Mi abuela y William tuvieron algún poder de decisión? ¿Por qué con tan solo seis años estaba capacitada para hacer frente a tal reto, pero hacía unos meses Angélica la había apartado de la batalla justo para la que había estado preparándose toda su vida con, sin lugar a dudas, los poderes más potentes de todo nuestro grupo?

Natalia se sentó a mi lado con el ceño fruncido y me apretó el hombro. Respiré con fuerza por la nariz al darme cuenta de que me habían dado la última pieza del puzle para entender a mi hermana, pero me habían abierto la caja de uno con muchas más piezas y matices.

—Siento haber preguntado. No me imaginaba que desencadenaría en tanto drama —dijo Kissy lamiéndose una pata.

24
A LA ESPERA

Los días iban pasando. Tras una semana, Daitay no despertaba. Nos consolábamos pensando en que aún tenía pulso, que había dejado de sudar y que su temperatura era más humana, al igual que el color de su piel. Pero no despertaba. Gretel estaba más angustiada cada día.

Jessica no había querido hablar conmigo del tema y se mantenía firme en un silencio absoluto en mi presencia. Decidí que lo mejor, tratándose de ella, era darle su espacio y dejarle tiempo para reflexionar antes de hablar. A mí esos días también me estaban sirviendo para intentar buscar respuestas a todo aquello en mi mente, en mis recuerdos, pero no había nada.

Kissy se quedó en casa de mi abuela, donde ya no cabía nadie más. Efectivamente, comía de todo, de todo lo que uno pudiera imaginar, aunque el pollo y el arroz conformaban su menú preferido.

Natalia concentró todos sus esfuerzos en buscar pistas de Agnes, incluso me propuso volver al centro psiquiátrico del que salió por si sabían algo. Escribimos a varias empresas de productos químicos, ya que a la pirada de Agnes le gustaba beber líquido para embalsamar y de algún lado lo tenía que sacar. Una mañana faltamos a las clases para tomar dos buses y un metro e ir a una de estas empresas que no nos pudieron responder por «la política de protección de datos» y «porque era una petición muy rara».

Aunque ni ella ni yo perdíamos la esperanza, la madre de Javi había empezado a aparecer en algunos programas de televisión locales de la mañana y sus tías habían empapelado todas las calles con fotos de nuestro amigo. Para Natalia y para mí era especialmente duro no poder darle más información a su familia. Lo único que podíamos hacer era buscarle de forma incansable.

Al lunes siguiente, cuando parecía que Daitay no volvería nunca, mi abuela abrió la puerta gritando:

—¡Por fin ha despertado!

Corrimos hasta el jardín y allí estaba él.

No parecía haber cambiado, aunque, al fijarnos bien, su piel ya no era medio verdosa, sino totalmente blanca. Y sus ojos, tan negros antes que no se distinguían los iris de las pupilas, habían adoptado un color verde oscuro. Su pelo tenía vida y vestía con colores más alegres. El negro había quedado atrás.

Gretel fue y lo abrazó, más contenta que nunca. Cuando se separaron, Daitay buscó el abrazo de Natalia, que de inmediato le correspondió sin parar de decirle lo contenta que estaba. Daitay también me dio un fuerte abrazo y no pude no admitir:

—Estábamos muy preocupados, Daitay. Qué bueno tenerte de vuelta.

Uno de los nudos en mi interior se aflojó al verle sonreír y sentir su corazón latir con fuerza.

—¿Cómo estás? —preguntó Gretel radiante de alegría.

—Me siento como nuevo. Es una sensación reconfortante. Sentir cómo el corazón me vuelve a latir y la percepción de todo lo que me rodea ha cambiado. Me siento... *vivo* —nos explicó sin dejar de gesticular con una felicidad que rebosaba por todos los poros de su piel.

—Todavía no sabes qué poderes tienes, ¿verdad? —pregunté frotándome las manos de la emoción.

—No, pero estoy ansioso por encontrarlos.

—Todo a su tiempo —intervino mi abuela riéndose—. Debes de tener hambre, Daitay.

Él cambió su expresión. Se puso serio y se mostró muy atento a algo que estaba escuchando. Enseguida supe de qué se trataba: el canto de un pájaro.

Era un pájaro negro con el pico naranja que, desde hacía unas semanas, acudía a posarse en el árbol de la vida a piar como si no hubiera un mañana. Más que para defender un nido, parecía que lo hiciera para molestar.

De repente a Daitay le cambió el color de los ojos, de nuevo eran negros. Abrió la boca y vi cómo los colmillos se le alargaban. Su expresión se ensombreció y hasta las facciones que caracterizaban a nuestro nuevo amigo se desdibujaron. En una milésima de segundo fue hacia el árbol.

Todos dimos un paso atrás, inquietos y con el corazón encogido.

Sin hacer ningún ruido, rápidamente subió al árbol y de un salto volvió a bajar. La escena era magnética, era imposible dejar de mirar cómo Daitay hundía con velocidad y sin piedad sus largos y puntiagudos colmillos en el pájaro. El estómago me dio un vuelco y sentí que el desayuno intentaba volver a salir.

Daitay era una máquina perfecta de matar. Al final apartó la boca ensangrentada del pájaro tieso. De un momento a otro su rostro vampírico quedó atrás y dio paso a la vergüenza.

Gretel se fue corriendo al interior de la casa y oí un portazo en el baño. Natalia se aferraba con fuerza a mi espalda, con la cara hundida en ella. Menos mal que no estaba Javier. De haber sido así, hubiera sentido y entendido el sufrimiento del cuervo. Daitay entró en casa con el pájaro en la mano para tirarlo a la basura y seguidamente se lavó la cara.

—Siento haberlo hecho delante de vosotros —se disculpó luego—. Tenía hambre, le he escuchado y no he sido capaz de resistirme. Os pido disculpas. No volverá a suceder porque no quiero volver a poneros en esta situación tan desagradable.

—Al menos ya sabemos una cosa segura: aún te alimentas de sangre —intentó quitarle hierro William cruzando los brazos.

¿Cuántas cosas seguirían iguales? ¿Y diferentes? ¿Sería capaz de resistirse a la sangre humana?

25
A PARTIR DE AHORA

Después de un buen rato, todos nos recuperamos de la escena del jardín y nos reunimos en el salón. Nos sentamos en el sofá, menos Gretel, que como siempre prefería sentarse en el suelo, y William y Elisa, que estaban delante de nosotros porque querían anunciarnos algo.

—Durante la semana y pico que Daitay ha estado dormido, William y yo hemos medio planeado lo que vais a hacer a partir de ahora —nos informó mi abuela.

—En primer lugar, Daitay, debes jurarnos que no vas ni siquiera a oler la sangre humana para poder continuar con nosotros —dijo William.

—Lo juro —contestó él levantando la mano derecha.

—En segundo lugar, podrás ir al instituto, como ellos. Tendrás que llevar una vida normal. Hablar, vestir y actuar como los demás.

—De acuerdo.

—En tercer lugar, tenemos que conseguir sangre. Me da igual que sea animal o humana. Esta no se obtendrá directamente de un ser vivo, sino del hospital —aclaró William después de ver nuestra reacción de asombro.

—¿Cómo que del hospital? —quiso saber Natalia.

—En los hospitales hay sangre que va en bolsitas de plástico para hacer transfusiones a los pacientes que lo necesiten. En el caso de no poder conseguir sangre animal, tendríamos que optar por el plan B: sangre embolsada —nos explicó William.

—¿Y eso cómo lo conseguiremos? —preguntó extrañada Gretel.

Se me encendió una bombilla.

—¡Mis padres! —exclamé sin pensarlo dos veces.

—¿Que tus padres donarán la sangre? —se extrañó aún más Daitay.

—No. Mis padres trabajan en un hospital —aclaré.

—Unos distraerían y los otros, bueno..., tomarían prestada la sangre —nos acabó de explicar mi abuela.

—Robaremos la sangre, querrás decir... —le quitó la finura Gretel.

—Resumiendo —pensó en voz alta Daitay—: no puedo beber directamente la sangre humana, he de adaptarme a la sociedad actual y hay que obtener esa sangre para que la pueda consumir.

—*Grosso modo*, sí. Siempre intentaremos que la consumas de animal, pero si alguna vez no encontramos el modo, haremos uso de la del hospital —dijo William.

—¿Cuándo entrará en el instituto? —preguntó Natalia ilusionada.

—Mañana —contestó Elisa sabiendo que nos íbamos a quedar con la boca abierta.

26
PRIMER DÍA

Al día siguiente me desperté muy nervioso. ¿Qué pasaría durante el día con Daitay? No podía ni imaginármelo. ¿Cómo reaccionarían mis compañeros ante él? Daitay era la persona más fuera de lo común que conocerían jamás y, además, entraba con el curso iniciado.

No quería calentarme la cabeza. Me senté en el sofá mientras desayunaba y encendí la televisión en el canal de noticias. Iba a cambiar justo cuando escuché su nombre.

—Aún seguimos buscando a Javier Sanz —decía la reportera—. Es en la misma zona en la que desapareció Javier donde hace escasas horas la policía ha detectado tres coches bomba que han logrado desactivar sin causar ningún daño. El portavoz de la policía ha comunicado hace unos minutos que este incidente lo relacionan directamente con la escapada de la cárcel de tres peligrosos criminales. —Aparecieron fotos, los tres con aspecto feroz—. Ruegan cooperación ciudadana. En caso de contar con información sobre el paradero de los fugados, llamen al 960…

Una voz irrumpió en mi cabeza.

«Estoy más cerca de lo que crees. No os queda mucho tiempo. Caeréis. Moriréis».

Agnes.

Agnes me había hablado por medio de mis propios pensamientos. En ese momento llamaron al timbre. Abrí y vi a Natalia.

—¿Qué ocurre? —preguntó sonriéndome—. Estás más blanco de lo normal.

—Estoy bien. —Tragué saliva.

—¿Seguro? —Dio un paso hacia mí.

Empecé a andar cabizbajo asintiendo, evitando su contacto. Sentía el latido del corazón en la garganta y cómo la sangre se me acumulaba en los ojos haciendo que viera borroso.

Mi diálogo interno dejó de fluir y solo podía pensar en una cosa: Agnes. ¿Cómo lo había hecho?

Mis pasos, por pura inercia, me llevaron al instituto. Allí ya estaban Gretel y Daitay. Ver su expresión de pánico fue lo único que me distrajo durante unos segundos.

Gretel le agarraba el brazo con fuerza e intentaban mantener una postura serena sabiendo que nadie que estuviera en el patio les quitaba los ojos de encima. Todos cuchicheaban y les observaban fijamente sin ningún tipo de pudor.

—¿Qué tal estás, Daitay? —le pregunté poniéndole la mano sobre el hombro para reconfortarle.

—Bien —contestó dubitativo.

—Te irá genial, ya verás. —Le sonrió Natalia animándolo.

Él asintió, nada convencido.

27
ATAQUE

«Estoy más cerca de lo que crees. Caeréis. Moriréis». Todas esas palabras resonaban en mi cabeza y me impedían pensar en otra cosa. Descarté decírselo a mis amigos.

Salimos del instituto y Daitay parecía un poco más animado. Supuse que era fruto de haber sobrevivido al primer día de clases, lo cual, aunque no hubiera sido un ser sobrenatural recién llegado del inframundo y de la misma muerte, le habría causado todo ese nerviosismo.

Nos dirigimos a casa de mi abuela con lentitud por culpa de los cortos pasos de Gretel. En ese momento oímos una explosión a varias calles de distancia y el grito de un niño. Fuimos hacia allí rápidamente.

Giramos una esquina y era un callejón sin salida. Me recordó mucho a aquel en el que nos encontramos el año pasado con Idrick y Patry. Salvo que allí solo había un chico de pelo negro y con una barba de algunos días. Era alto y muy delgado, y lucía una sonrisa maléfica. Asía a un niño pequeño que lloraba sin parar con mucha fuerza. El chico tenía un cuchillo muy afilado pegado a la garganta del niño.

—Le haré lo mismo que a vuestro amiguito —gruñó el extraño.

Zarandeó a su víctima y la apretó aún más contra él.

¿A qué se refería con «Le haré lo mismo que a vuestro amiguito»? El chico miró a Natalia y después a mí. Nos conocía.

Natalia respiraba con fuerza y temblaba de rabia. Noté como mi cuello y mis hombros entraban en tensión y toda mi sangre empezaba a acumularse en las extremidades, listo para batallar.

—Suéltalo —mascullé entre dientes.

—¿Y qué vais a hacer para que lo suelte?

—Es por tu bien —carraspeé apretando los puños.

—Qué gracioso eres —me contestó con tono aún más irónico—. Mira lo que te he traído.

Se llevó el brazo a la espalda y en cuestión de segundos sacó una pistola y disparó. Yo simplemente puse la mano delante de mi cara para detener la bala.

El asesino me miró con los ojos desorbitados. Fuera quien fuera quien le había enviado, no le había avisado de que existían las personas con superpoderes. Parpadeé y la bala cayó al suelo.

El chico agarró todavía con más fuerza al niño para usarlo de escudo.

—Os juro que lo mato. Si hacéis cualquier movimiento brusco…, lo mato —gruñó apretando aún más el cuchillo contra su garganta.

Miré a Daitay, que estaba enfurecido. Apretaba los dientes y las manos. De su cuerpo se desprendía algo parecido al humo. Gruñó sonoramente y de inmediato se convirtió en una pantera negra en posición de ataque.

Ya había descubierto su poder: transformarse en cualquier ser.

28
LA PANTERA

Al asesino se le desencajó la cara y del miedo soltó al niño sin darse cuenta. Natalia fue rápidamente a atraparlo y Gretel se lo llevó.

La pantera, Natalia y yo contra el asesino. No tenía nada que hacer. Fui hacia él con paso seguro. Estaba sentado en el suelo mirándome con pavor y sin dejar de temblar. Lo agarré del cuello de la camisa, lo levanté y lo estampé contra la pared.

—Te lo advertí —le recordé—. Ahora quiero que me digas dónde está mi amigo.

—No sé nada —susurró en voz baja.

La voz no le salía del cuerpo del miedo que tenía. Sus ojos saltaban con velocidad de mi cara a la pantera y de la pantera a mí.

—¡Que me lo digas!

—No sé nada, lo juro. Agnes me obligó a hacer esto después de sacarme de la cárcel. No sé nada más. Es la verdad. Por favor, suéltame.

—¿Cómo sé que nos dejarás en paz? —le pregunté.

—¡Dejadme! —gritó él, también de los nervios.

Miré hacia atrás buscando la opinión de Natalia. En menos de lo que dura un parpadeo, se puso al lado de él. Emitió un grito al verla de pronto su lado y empezó a temblar con más fuerza.

Natalia me miró y asintió. Lo bajé y le susurró al oído:

—No quiero volver a verte. Huirás como la alimaña que eres. Si volvemos a verte por aquí, no seremos tan compasivos. ¿Te ha quedado claro?

—Muy claro —asintió tembloroso—. No me volverás a ver, te lo aseguro.

Y en el momento en que nos estábamos girando, gritó empuñando un cuchillo:

—¡Porque no volverás a ver nada!

Daitay, aún transformado en pantera, se abalanzó contra su pecho. El chico gritaba y gritaba. Natalia y yo retrocedimos varios pasos con celeridad mientras nos agarrábamos de la mano con fuerza. Apartamos la mirada en cuanto la escena se volvió insoportable.

El chico dejó de gritar y Daitay volvió a su cuerpo. Tenía toda la boca llena de sangre y nos miró exhausto.

Sin mediar palabra, Natalia fue y le abrazó. Daitay no le correspondió de inmediato. Se me quedó petrificado, como si no acabara de creerse que no estuviéramos enfadados con él. Me acerqué y le abracé yo también.

29
PRUEBAS

Una vez en casa de mi abuela, les explicamos lo ocurrido.

Según ellos, el poder de metamorfosis de Daitay era muy poco común, igual de poco común que él. Nuestro reciente amigo notó que se liberaba del peso de la culpabilidad cuando William y Elisa también le agradecieron que nos salvara la vida justo cuando le dimos la espalda al asesino.

Gretel nos contó que, antes de llevar al niño a comisaría para que contactaran con sus padres, este prometió no decir absolutamente a nadie lo que había visto y afirmaba que éramos superhéroes.

William y Elisa nos avisaron de que el puente que teníamos en el instituto, es decir, esos días de vacaciones, lo invertiríamos en entrenar, probar los poderes de Daitay y buscar a Agnes siguiendo el rastro de migas de pan que nos estaba dejando.

Todavía no le había contado a nadie lo ocurrido en mi mente por la mañana.

—¿Quieres probar tus poderes, Daitay? —preguntó William.

—¡Por supuesto! —exclamó él excitado.

—Muy bien. Ven conmigo.

William se levantó y él hizo lo mismo.

—Natalia, ¿puedes venir? —le pidió William.

Esta se alzó y se dirigió hacia ellos.

—Daitay, te voy a pedir que te transformes en Natalia —le propuso William.

Ella abrió de par en par los ojos, muy sorprendida, mientras que Daitay parecía bastante receptivo.

—Concéntrate mucho, concéntrate en Natalia —le indicó William masajeándole las sienes.

Daitay cerró con fuerza los ojos y las manos arrugando la nariz. Al poco tiempo empezó a salir humo de él y, en escasos segundos, era un calco exacto de Natalia.

No pude evitar soltar una risa de puro asombro. Mi abuela se llevó las manos al pecho sin dejar de sonreír.

—Madre mía —murmuró Natalia tapándose la boca.

—¿Soy tú? —preguntó Daitay con la voz de Natalia.

—Sí —contestó la verdadera Natalia con un hilo de voz.

Lo dijo de tal manera que hizo que todos nos riéramos.

—No sé de qué os reís —dijo seria Natalia mirándonos—. Esto… no me gusta. Parece un poder extremadamente… poderoso. —Se rodeó a sí misma con los brazos.

—Natalia Uno tiene razón —asintió William—. Tienes un enorme poder en tus manos que no puede ser usado a la ligera. Ahora eres un medio-ángel —puso las manos sobre los hombros de Natalia Dos— y confiamos plenamente en que sabrás darle un buen uso al gran poder que te ha sido otorgado.

Daitay, aún con la apariencia de la chica, rio.

—Por favor, ¿podrías volver a ser tú? Me incómoda que seas yo —pidió la auténtica Natalia.

30
LLAMADA

Todos nos marchamos bastante tarde a casa. Mis padres habían tenido una complicación en el hospital y aún no habían llegado.

Antes de que mi hermana se me colara, fui a la ducha. Intenté relajarme todo lo posible, pero no podía desconectar…

Agnes me hablaba a través de mis pensamientos incluso cuando no se metía en mi mente. Era algo de lo que ya no podía huir, el pensar en ella en bucle.

Javier.

La incertidumbre me quemaba tanto por dentro que ni siquiera noté cuando mi piel empezó arder bajo el agua caliente.

Su familia había puesto carteles con su foto y tres números de teléfono de contacto por toda la ciudad.

Cuando salí de la ducha, con la toalla aún enrollada y el cabello soltando gotitas de agua que se me escurrían por la espalda, vi una llamada perdida de Natalia. Le devolví la llamada y en medio tono ya escuché su voz:

—Hola, Ángel.

—Hola. Estaba en la ducha y acabo de ver tu perdida. ¿Pasa algo? —le pregunté, extrañado de que me llamase a esas horas.

¿Sería porque ella también había escuchado a Agnes? ¿Porque no le hacía gracia el poder de Daitay? ¿O era algo más personal? Algo más para... mí.

—Como tienes tan poca memoria, quería recordarte que mañana por la noche es la fiesta de Halloween de Nerea.

—No sabía que estuviera invitado. —Arrugué el entrecejo mientras limpiaba el vaho del espejo del baño.

—A la fiesta irá medio instituto. No quiero ni pensar la que se puede montar en su casa —contestó riéndose.

—¿Gretel y Daitay también están invitados? —pregunté.

—Sí, a Daitay lo ha invitado en el último momento. Ha tenido ese detalle porque dice que es guapo, no por otra cosa. Y a Gretel para que haya más bulto, no me cabe duda —me explicó en tono burlón.

—Realmente no me interesa lo que se cuece en su cabeza. La dejaban traer a un grupo selecto de amigas y ahora irá gente que solo conoce de vista, o ni eso. Aunque sus padres no creo que le digan nada.

—No lo dudo —me dijo.

—Ni yo —contesté.

—Acuérdate, hay que ir disfrazados. —La peor parte de las fiestas de Nerea: los disfraces—. Bueno, te dejo. Un beso y buenas noches...

31

LA NOCHE HORROROSA

Realmente mi disfraz no era nada original. Iba con ropa de tonos muy oscuros y unos colmillos de vampiro. Era bastante soso.

Natalia vino a por mí y comprobé lo que ya esperaba: llevaba un disfraz increíble. Iba vestida de *hippie*, con gafas redondas con las lentes naranjas, un vestido floral con más de diez colores diferentes, un pañuelo anudado al cuello y unas botas blancas que con toda probabilidad sería la primera vez que llevaba.

—Me dijiste que era una fiesta de Halloween —le recordé con tono de reproche.

Me quedé mirando su pelo ondulado y su pintalabios rojo.

—Y lo es. Pero te vuelvo a recordar que es una fiesta de Nerea. Eso significa que puedes ir disfrazado de todo, menos de algo relacionado con Halloween. Es algo que con ella se debe sobreentender —me explicó.

—Y yo te vuelvo a recordar que Nerea y yo no nos entendemos por algo evidente —repliqué.

Natalia se rio.

—¿Quieres que te ayude con tu disfraz? —me preguntó.

—Vamos.

La madre de Natalia era modista, así que ella se había criado en un ambiente en el que la creatividad fluía a través de la ropa, por lo que no le costaría buscar una opción mejor.

Abrió mi armario con total libertad, cosa que no me molestó en absoluto. Me senté al borde de la cama observando cómo sus manos se movían rápidas y suaves por toda mi ropa. Sin saber muy bien por qué, contuve el aliento.

—¿No tienes ni una sola camiseta o camisa colorida? —Me miró con el ceño fruncido.

Me quité los colmillos falsos de la boca.

—Ya sabes que soy bastante básico para vestir, así por la mañana agarro una camiseta cualquiera y un pantalón cualquiera y sé que van a combinar sean cuales sean.

—Qué triste que ese sea tu criterio a la hora de vestir. —Se volvió a girar hacia el armario.

—Ya, dicho en voz alta sí que suena un poco triste.

—¿Y qué me dices de estos pantalones?

Sacó unos pantalones piratas *beige* que mi madre se empeñó en comprarme. Exactamente no sabía a dónde quería llegar.

—Creo que nunca me los he puesto. No le he pillado el gusto a enseñar los tobillos por ahí.

Ella se rio con fuerza.

—Quizá sea hoy el día. Aunque sigue fallándome la parte de arriba. —Se quedó pensativa.

—Pero ¿por qué buscas algo colorido? —me puse en pie dispuesto a ayudarla.

—Bueno —se sonrojó—, había pensado que sería buena idea ir conjuntados. No sé, los dos algo hippiosos. Pero bueno, es una estupidez. —Una risa nerviosa brotó de los labios incontrolablemente.

Noté cómo me ardían las mejillas. Ella quería que fuéramos juntos *juntos* a la fiesta de Nerea. Y fue entonces cuando me acordé:

—Creo que mi padre tiene una camisa hawaiana. Espera un segundo.

Antes de ir a la habitación de mis padres pude ver de soslayo la sonrisa de Natalia. La escuché hablar por teléfono con William mientras rebuscaba entre camisas perfectamente planchadas que mi padre usaba para trabajar. La encontré en las perchas del fondo, el sitio reservado para las prendas que nunca se usaban pero que daba pena tirar.

Me quité la camiseta de vampiro y me puse la camisa hawaiana que, por supuesto, me quedaba pequeña en los brazos y no tenía botones hasta el cuello.

—¿Servirá? —le pregunté a Natalia volviendo a mi habitación.

Carraspeó antes de decir:

—Sí, claro, servirá. —Se retorció las manos nerviosa—. William va a teletransportarnos ahora unas gafas de disfraz típico *hippie*. Mientras, podrías cambiarte los pantalones también. —Me los tendió—. Te espero fuera.

Me puse los pantalones horribles que mi madre me había comprado sin parar de sonreír. Yo había puesto nerviosa a Natalia. Y Natalia estaba al otro lado de la puerta esperando a ver todo el conjunto completo porque quería que fuéramos en pareja a la fiesta. Porque era eso, ¿no?

Justo cuando me estaba abrochando el botón, las gafas llegaron. Me las puse cada vez más sonriente.

—Pasa.

Natalia entró y se quedó callada mirándome sin soltar el pomo de la puerta.

—¿Y bien? —Di una vuelta sobre mí mismo para que decidiera.

Dio dos zancadas hasta mí quitándose el nudo del pañuelo que llevaba al cuello y me lo puso a mí mordiéndose el labio.

—Perfecto.

32

LA FIESTA

Llegamos un poco más tarde de lo previsto, pero cuando alcanzamos el bonito dúplex de los padres de Nerea, vimos que ni siquiera nuestra imaginación habría podido llegar tan lejos.

Una de las reglas era acudir con disfraz. Supuse que los que no llevaban uno era porque no estaban invitados, sino que se habían colado. El noventa por ciento de la gente estaba borracha, y eso que la fiesta acababa de empezar. Posiblemente muchos ya habrían acudido en ese estado.

Como supusimos, los padres de Nerea no estaban. Vimos a Gretel y Daitay en una esquina, mirando con cara de asombro el panorama que tenían delante. Fuimos con ellos. Los dos, igual de inocentes que yo, llevaban disfraces de Halloween.

Daitay iba con su anterior apariencia vampírica y Gretel de bruja buena, de las que llevaban sombrero en punta y mangas de encaje. La música electrónica sonaba estrepitosamente en los altavoces. La gente bailaba, si es que se le podía llamar así, de una forma muy extraña.

—¿Esta es la típica fiesta del siglo XXI? —preguntó Daitay horrorizado.

—Es la típica fiesta en la que los invitados, del siglo XXI, están borrachos —respondió Natalia.

Entonces vimos a Nerea. Se había subido encima de una mesa y la gente se arremolinaba a su alrededor. Iba vestida de ratón, aunque el alcohol ya había hecho sus estragos, por lo que ya solo era una chica con unas orejas.

Encontró un micrófono y se puso a cantar una canción en inglés que fui incapaz de entender. Los chicos que había debajo se pusieron a gritar como unos auténticos dementes.

—¿Esto es normal? —volvió a preguntar Daitay.

—En las fiestas de Nerea parece que sí, pero no generalmente. Creo. Tampoco he ido a muchas fiestas —contesté mirando a todo el mundo.

—Está ebria, actúa de forma irracional, pero… me preocupa que haga algo de lo que mañana se pueda arrepentir o que se haga daño porque no está bien… —Natalia estaba muy preocupada.

Vi su cara de espanto y sin pensarlo dos veces me abrí paso hasta su amiga y subí a la mesa. Nerea me miró extrañada.

—Deberías bajar, Nerea —le dije al oído para que me oyera entre todo el ruido.

—¿Qué dices? La gente me adora —gritó señalándolos—. El que debería bajar eres *tú*.

Cuando volvió a hacerse con el micrófono, se lo arrebaté y la así por un brazo. Hice una seña a mis amigos para que nos fuéramos.

La gente me abucheaba por haberles quitado la diversión. Los cinco huimos de aquel bullicio.

—¿Qué haces? —preguntó Nerea arrastrando las palabras.

—Te estamos ahorrando una gran humillación —respondió Natalia.

—Ah, no me puedo creer que mi mejor amiga sea cómplice de mi secuestro —replicó la anfitriona.

—No te secuestramos —dijo Gretel poniendo los ojos en blanco.

—¿Y tú quién eres? ¿Qué haces aquí?

—Me invitaste *tú*.

—¿Realmente conoces al menos a la mitad de los que te están destrozando la casa? —preguntó Daitay.

—Sí, conozco de vista a la mitad —replicó orgullosa. Luego se retorció y gritó—: ¡Socorro! ¡Me secuestran! ¡Ayuda! ¿Dónde está la policía cuando la necesitas?

La solté y empezó a tambalearse. En ese momento se escuchó un ruido ensordecedor en la fiesta y los cuatro andamos un par de pasos hacia el ruido para comprobar si se trataba de algo mágico o no. Y no. Era el chico que le había tomado el relevo a Nerea que, al tirarse en plancha hacia el público creyéndose una estrella del *rock*, se había estrellado contra el suelo.

No habían pasado ni dos segundos cuando Gretel dijo:

—¿Y Nerea?

Nos giramos y había desaparecido.

—Al final sí que la han secuestrado —murmuró Daitay.

33
HOMICIDIO

Empezamos a correr hacia donde la habíamos visto por última vez. Llegamos a una calle desierta y allí estaba, arrodillada en la carretera, gritando y llorando. Un hombre corpulento con tan solo el pulgar y el índice le apretaba la garganta y la tenía completamente reducida. Era pelirrojo y tenía un gran bigote. Por su cara, parecía que disfrutaba al verla sufrir.

—Se han incorporado algunos no invitados a la fiesta —gruñó él—. Me voy a llevar a vuestra amiguita, que seguro que se lo pasa mejor conmigo. ¿A que sí, rubita?

—Ella no se va a ir a ninguna parte contigo —replicó Natalia, entre dientes, mirándolo con furia a los ojos.

—¿Quieres hacerle compañía? —le propuso el hombre tendiéndole la mano libre.

La apartó y volvió a reírse.

En un abrir y cerrar de ojos, Daitay se puso detrás del criminal y le agarró la nuca con tanta fuerza que le hizo gritar de puro dolor, doblegarse y, por fin, soltar a Nerea. Con las piernas temblorosas, encorvada y llorando, la amiga de Natalia huyó despavorida.

El hombre del bigote apretó los dientes con furia, tenía los ojos inyectados en sangre. A pesar de que el dolor que Daitay le infligía seguía doblegando hasta el último de sus poros, consiguió volver a incorporarse y zafarse del chico de un puñetazo.

El captor agarró con suma velocidad una pistola que llevaba escondida en la parte de atrás del pantalón, apuntó a Daitay y disparó. Aunque la velocidad a la que hizo esa secuencia de movimientos me dejó realmente impresionado, no era nada comparable a lo rápida que podía ser Natalia no solo corriendo, sino también en sus reflejos, por lo que logró darle una patada al arma y desviar la trayectoria de la bala justo a tiempo.

Fue entonces cuando Gretel empezó a balbucear unas palabras que hicieron que el hombre cayera de rodillas y se quedara completamente paralizado. La bruja y yo nos acercamos, lo agarré por el cuello y lo levanté sin esfuerzo mientras Natalia ayudaba a Daitay a ponerse en pie.

—Dinos quién te manda y no te haremos nada —le dije.

—Ni hablar —contestó.

Daitay se convirtió en águila y se posó en su cabeza mientras él se quedaba patidifuso.

—Podría arrancarte los ojos si se lo ordeno —lancé la primera amenaza que se me ocurrió.

Noté cómo aspiraba aire con fuerza a través de la palma de mi mano mientras aún lo sujetaba del cuello. Varias gotas de sudor rodaron por su frente mientras el águila y él se retaban con la mirada.

Era un hombre fuerte y duro que, aunque había visto que los cuatro poseíamos extraños dones y que no tenía ninguna posibilidad contra un grupo así, no se amedrentaría ante una amenaza sin pruebas de que la llevaríamos a cabo.

—Daitay —el águila me miró directamente a los ojos—, adelante.

Soltó un graznido que rebotó en las paredes de la calle y hasta en las paredes de mi cerebro. Un escalofrío me recorrió toda la columna vertebral. Algo similar debió de sentir el delincuente cuando Daitay le acarició su ojo con el pico cuando exclamó:

—¡Está bien! Os lo diré. Agnes me pidió que os matara y que le llevara pruebas de ello —dijo muy aturdido—. No puede atacaros sin más por miedo a lo que le hicisteis a su otro enviado. Ella me presionaba y decidí hacerlo a través de vuestra amiga. Es todo lo que sé. Dejadme.

—¿Cómo contactó contigo? —le preguntó Gretel.

—Nos organizó un plan de fuga con la única condición de que acabáramos con vosotros.

Lo dejé caer al suelo y me froté las manos con fuerza y nerviosismo. Agnes sabía que nosotros podríamos contra esos tipos sin dudarlo, lo único que quería era recordarnos que en cualquier momento podía aparecer, que éramos vulnerables ante ella. Si alguno de esos presos le hubiera importado, les habría contado, al menos, que teníamos poderes.

Jamás encontraríamos respuestas a través de esos enviados.

Natalia se puso en cuclillas delante de él con una cara de furia que muy pocas veces le había visto.

—Vete muy muy lejos. Y no vuelvas por aquí si no quieres que termine con lo que empezaste.

—No puedo —respondió con un hilo de voz—. Ella sabrá dónde encontrarme. Lo tiene a él. Sabrá dónde encontrarme.

Daitay volvió a su apariencia humana al mismo tiempo que Natalia y yo nos devolvimos una mirada horrorizada. ¿Quién era ese «él» al que se refería? Di dos zancadas hacia el hombre, que empezó a gatear en dirección contraria.

—¿De quién tienes miedo?

Su respuesta fue ponerse su pistola en la boca y apretar el gatillo.

Natalia gritó horrorizada con una rabia que no hacía más que aumentar. Gretel la agarró de los brazos intentado sostenerla.

—¡Sabía algo más! ¡Sabía algo de Javi! —vociferó empezando a llorar.

Escucharla reactivó mis músculos, me di la vuelta y fui a abrazarla y a llorar con ella. Sentía sus uñas contra mi espalda y su cara húmeda bajo mi mejilla. Yo estaba completamente en *shock*.

Daitay y Gretel se miraron y ambos vinieron a acariciarnos en silencio.

Un vómito.

Un vómito nos hizo darnos cuenta de que durante todo ese tiempo Nerea había estado ahí presenciando la escena.

34
NO SABEMOS CUÁNDO

Al día siguiente fuimos a casa de mi abuela, como de costumbre. Seguíamos sin clases. Daitay y William llegaron pasado un rato. Más tarde se incorporó, resoplando, Natalia.

—¿Qué te ocurre? —le pregunté.

—Desde ayer, después de lo que ocurrió, Nerea no me deja en paz. Afirma que todos tenemos poderes y que algo escondemos —me explicó, y me di cuenta de que todo el mundo le prestaba atención—. Le dije que estaba ebria y que se había imaginado cosas, que nada de eso había ocurrido, pero no me hace caso.

—Creo que nos hemos perdido algo, ¿verdad? —quiso saber mi abuela.

—Eso creo —contesté.

Le conté todo lo ocurrido el día anterior y las repercusiones que estaba teniendo. Fue un alivio descubrir que no le daban mucha importancia a que Nerea nos hubiera visto en plena acción estando borracha.

—Seguid diciendo que es todo mentira. Si veis que va a mayores o que os tiene miedo o que no se encuentra bien, William y Gretel buscarán el modo de borrarle la memoria o modificarla —fue lo único que comentó mi abuela con total tranquilidad.

Cuando dejamos atrás ese tema, me sentí obligado a preguntar:

—¿Cuándo creéis que nos atacará Agnes?

Mi abuela tomó aire con fuerza.

—Es difícil responder a esa pregunta, pero parece que el momento se acerca. Enviaros a esos presos parece como una especie de cuenta atrás, como si le divirtiera el hecho de avisarnos de que el momento de luchar contra ella se acerca. Había tres fugitivos, dos ya han aparecido, por lo que solo queda uno antes de que ella salga de su cueva.

—Es seguro que no nos ayudarán de nuevo los ángeles, ¿verdad? —preguntó Natalia sabiendo que era la pregunta que nos hacíamos todos.

—No creo que haga falta —comentó Kissy.

—Como bien nos adelantó, Agnes recurrirá a la ayuda de las tres hermanas. Que sepamos, seríais cinco contra cinco —completó Elisa.

—¿Que serán cinco? —pregunté arrugando el entrecejo—. No me salen los cálculos.

—Agnes, Kris, Anne y Kati. Y no debemos descartar que Agnes haya corrompido a Javier y que esté en el bando contrario. Todo apunta a que Javi la apoya debido al control mental que Agnes habrá ejercido sobre él —intervino William.

—Eso si es que aún está vivo —murmuró Jessica para sí misma.

Miré de soslayo a mi hermana y respiré con fuerza. Poco a poco nos habíamos mentalizado de que Agnes le habría borrado la mente porque Javier le era muy útil en la batalla, pero ninguno nos habíamos planteado seriamente que pudiera haberlo matado.

En ese momento tocaron al timbre. Abrí y apreté los labios al ver que era Nerea.

35
METEDURA DE PATA

—Hola, Ángel —me saludó alegremente.

—Eh, Nerea. ¿Qué haces aquí? —le dije sin dar rodeos.

—Sé que no estaba alucinando ayer por la noche —me soltó muy seria y convencida.

—¡Ángel! Dile a tu amiga que pase —me pidió mi abuela.

La dejé entrar y la acompañé al jardín, donde nos encontrábamos todos.

—Perfecto, estáis todos aquí. —Sonrió ella.

—Nerea, ¿qué haces? —le preguntó sorprendida Natalia.

—Por mucho que me hayas dicho que eran efectos secundarios del alcohol, sé muy bien lo que vi —replicó Nerea.

—¿Cuántas veces tengo que repetírtelo? —dijo en tono cansado Natalia acercándose a ella—. Somos totalmente normales. No tenemos ningún tipo de poderes.

—No cuela.

—Es la pura verdad —añadió Daitay, también acercándose a la chica.

—¿Y tú qué? ¿Se puede saber qué ocultas tú? Solo has venido porque al igual que ellos tienes poderes. Vi con mis propios ojos cómo te convertías en un águila.

—¡Menudo disparate! Yo convertirme en águila. —Rio Daitay—. Aunque estuvieras bajo el efecto del alcohol, he de decir que tienes una gran imaginación.

—Deberías volcar esa descabellada imaginación en hacer algo de provecho y no mareando a los demás con tus absurdas historias —la atacó Gretel sin mirarla.

—Jovencita, ¿de verdad crees lo que nos estás diciendo? Es una historia poco verídica —se sumó William.

—¡No estoy loca! Aunque hubiera bebido, quizá, un poco más de la cuenta, sé bien lo que vi. No me vais a convencer tan fácilmente. —Nerea se fue con paso firme hacia la puerta—. ¡No me voy a rendir! ¡No estoy loca!

36
EL ÚLTIMO

No faltaba mucho para que se acabara el trimestre y se nos estaba haciendo bastante largo.

—Chicos, por favor, poned un poco más de vuestra parte —nos pedía Helena, la profesora de Naturales, ya cansada—. Sé que queda poco para finalizar el trimestre, por esa misma razón tenéis que esforzaros ahora, hacedme caso.

Cuando acabó la clase, Natalia y yo fuimos a hablar con ella porque parecía estresada de verdad.

—¿Se encuentra bien? —le preguntó mi amiga.

—Sencillamente, es que me sabe muy mal que gente con potencial lo eche todo a perder —dijo agotada—. Y que los que carecen de ese potencial se dediquen a fastidiar una buena clase.

Cuando Natalia y yo salimos del instituto, Gretel y Daitay no nos estaban esperando, así que fuimos caminando a casa de mi abuela, tranquilamente, sin ninguna prisa.

«¿De verdad piensas que esto ya ha acabado? Esto no ha hecho más que empezar», mascullό Agnes en mis pensamientos.

Justo en ese momento cruzamos una calle por la que no pasaban coches ni gente y en la que ni siquiera había vehículos aparcados. Los adosados tenían las persianas bajadas. Entonces oímos un grito desgarrador. Corrimos por la calle, que parecía no acabarse nunca, y descubrimos sangre en la acera. Delante de nosotros, tumbada y temblando, había una mujer. Parecía delicada y frágil. Uno de sus brazos sangraba sin control. La alcé el volandas y al girarme apareció un hombre enorme con los ojos pequeños y claros.

—El gran Noak no va a dejar que os vayáis así sin más —dijo con acento extranjero crujiéndose el cuello.

En la mano derecha llevaba un cuchillo muy grande manchado de sangre.

«Parece que empieza la fiesta», se burló Agnes en mi mente.

Dejé a la chica, que estaba inconsciente, en el suelo y nos colocamos ante él.

—Eres un enviado de Agnes, ¿verdad? —le pregunté recobrando el aliento.

—No he venido a hablar, sino a mataros —replicó Noak firme, como un sabueso babeando delante de su presa.

—Te deseo buena suerte —le contestó Natalia con hastío y amargura.

La mujer volvió a estar consciente y empezó a gritar. Natalia, con su velocidad característica y como pudo, se la llevó de allí. Noak aprovechó mi distracción para alcanzarme y ponerme el cuchillo en el cuello.

—Ha sido extremadamente fácil —gruñó divertido.

Le pegué un codazo en el estómago y me soltó por el daño que le hice. Me encontraba muy tranquilo en aquel duelo. Era el último antes de que llegara Agnes, antes de saber qué había pasado con Javi.

Me giré, le agarré de los hombros y con la rodilla le volví a golpear en el estómago. Se agachó y aproveché para darle un puñetazo en la espalda. Al final se arrodilló. Natalia apareció en ese momento por detrás. Le quité el cuchillo y me agaché.

—No te voy a matar —le susurré al oído muy cabreado.

Noak me miró y me maldijo en su idioma.

—Ven. Vamos a ayudarla —me recordó Natalia agarrándome del brazo.

Fuimos a casa de mi abuela para que la curaran.

37

MADELINE FIZTROGER

Aunque estaba consciente y parecía que podía andar, la llevé en brazos. Cuando llegamos, la puse en pie.

—¿Está usted bien? —le pregunté mientras tocaba el timbre.

—Sí —contestó con acento inglés—. ¿Me vais a hacer algo? —preguntó blanca como la pared, horrorizada.

—No, simplemente queremos curarte y ayudarte. Si quieres… —replicó mi amiga apartándole con suavidad el pelo de la cara.

—Gracias. Es que…, no entiendo… —dijo temblando del susto que aún tenía metido en el cuerpo.

Al final nos abrió Jessica.

—Perfecto, nos traéis a más gente —gruñó.

No le hicimos caso y pasamos. William se levantó con una sonrisa, como siempre. Al ver a la chica, esta se difuminó y su cara adoptó una expresión de asombro, al igual que la de ella.

—¿Madeleine? —preguntó sorprendido.

—¿Os conocéis? —pregunté aún más sorprendido.

—¿Papá? —preguntó a su vez la mujer.

—¡¿Qué?! —exclamé aún más incrédulo.

—¿Qué haces aquí? —quiso saber William abrazándola.

—Estos dos niños me encontraron en la calle… —dijo ella llorando abrazada a su padre, no pudo seguir hablando.

—¿Así que eres su hija? —preguntó Elisa también asombrada.

—Os presentó a Madeleine Fiztroger. Mi hija.

Madeleine y William se abrazaron otra vez muy fuerte.

¿William tenía hijos? ¿Se había casado en algún momento? ¿Qué me había perdido? Después de un largo tiempo se separaron. Tenían los ojos enrojecidos y las cataratas del Iguazú corrían por sus mejillas.

—¿Ella también es maga? —preguntó Gretel rompiendo el momento.

—Sí, supongo que me viene de familia. Aunque no practico la magia desde hace años —contestó apartándose un poco de su padre y limpiándose las lágrimas.

—¿Has estado casado alguna vez, William? —pregunté intrigado.

—Sí, lo estuve. Hace mucho tiempo. Al separarme vine a España y conocí a Elisa, y desde entonces no me he separado ni un solo segundo de ella —dijo satisfecho. Madeleine también sonrió—. Pero ¿qué haces aquí? ¿No deberías estar en Durham? —la interrogó preocupado.

—Sí, pero estaba harta y me vine a España. No hace mucho. Llevo aquí solo unos días. —Se quedó mirándolo directamente a los ojos—. La última vez que nos vimos fue…

—Está todo olvidado, Madeline —le restó importancia William.

—Lo sé, pero es por eso que no te avisé de que venía. Temía que no me fueras a recibir con los brazos abiertos, por eso pensé que lo mejor sería presentarme sin previo aviso.

—¿Cómo iba a no querer verte?

—Porque hacía años que no nos veíamos y no hablábamos mucho. No sé. Ahora, mirándote a los ojos, comprendo que fue una estupidez pensar en eso, pero… no supe hacerlo de otro modo. Fui yo la que rompió la relación contigo en el pasado y no sabía… si estarías resentido conmigo.

Se agarraban con fuerza de los brazos sin dejar de mirarse directamente a los ojos.

No salía de mi asombro.

—Nunca estuve resentido contigo, Madeline. Solo intentaba darte el tiempo que necesitaras para que reflexionaras, para que fueras tú la que decidiera volver a tener relación conmigo. —Le acarició la mejilla.

—Lo sé. —Suspiró con fuerza y le volvió a abrazar.

—¿Cómo os habéis encontrado? ¿Qué te ha sucedido? —Elisa nos miró a nosotros y después a Madeline.

—Un hombre llamado Noak me atacó y me retuvo durante unas horas.

—¿Noak? —Mi abuela nos miró con los ojos como platos.

—El tercer enviado de Agnes —expliqué.

—Te pondremos el ungüento. —William entró con su hija en casa sujetándole el brazo.

Natalia se acercó a mí desconcertada.

—¿Crees que es casualidad?

En sus ojos no vi rastro de dudas ni conspiraciones, solo un asombro genuino. Me encogí de hombros.

—Sea como sea, creo que tenemos una nueva aliada —le susurré.

38
LA CARTA

Estuvimos toda la tarde hablando de anécdotas vividas, las de Daitay eran realmente impresionantes. Madeline devoró toda la comida mientras la poníamos al día y nos presentábamos. Una lágrima rodó por la mejilla de Natalia cuando le enseñó una foto de Javi. De repente, del árbol de la vida una carta con alas voló hacia Elisa.

—Es del cielo —nos informó. Leyó en voz alta—: «Estimados compañeros. Por la presente, me dirijo a vosotros para informaros de un asunto de suma importancia. Este fin de semana, fuentes angélicas han revelado que Agnes, la medio-ángel, tiene la intención de llevar a cabo su ataque. Tras investigaciones exhaustivas, hemos podido confirmar que contará con un grupo muy reducido de aliadas en esta acción. Dado que vosotros desempeñáis un papel fundamental en la protección del equilibrio y la paz en el mundo humano, os insto a prepararos para hacer frente a esta amenaza y salvaguardar la estabilidad que tanto valoramos. Confío en que todos os encontréis bien y preparados para afrontar los retos que se nos presentan. Recibid un cordial saludo».

—¿Quién la envía?

—Tiene la firma de Angélica, la Diosa Blanca. Y también el sello de los ángeles —contestó mi abuela con la carta en la mano.

—¿No dice nada sobre dónde será? —preguntó Gretel tomando la misiva.

«Donde me traicionasteis me hallaréis», escuché a Agnes a través de mis pensamientos. Se me formó un nudo en la garganta. ¿Cómo Agnes sabía lo que Gretel había preguntado? ¿En realidad podía escuchar nuestras conversaciones o era mera casualidad? Fuera como fuera, Agnes estaba deseosa de enfrentarse a nosotros. Tanto era así que los hombres que nos envió para atacarnos sabían que no serían rivales para nosotros, porque era ella misma la que quería eliminarnos. Había estado jugando con nuestra mente para desgastarnos y distraernos mientras ella reunía al grupo que de verdad combatiría contra nosotros.

—El prado —carraspeé inquieto sentado en la silla.

—¿Cómo? —Se giró Natalia hacia mí con el entrecejo fruncido.

—Sí, lo que he dicho. —Bebí un poco de agua, nervioso, sin mirar a nadie directamente a la cara—. Confiad en mí. La batalla contra Agnes será en el prado en el que se libró la lucha contra Satanás. El último lugar donde la vimos.

39
PREPARACIÓN

Todos coincidimos en que debíamos prepararnos cuanto antes y practicar el combate, tanto con armas como con poderes y cuerpo a cuerpo, para estar lo más coordinados posible. Mi abuela nos sacó un baúl donde guardaba las armas que utilizamos en la batalla contra Satanás.

Tomé aire y lo retuve en los pulmones mientras lo habría. Todas las armas estaban enrolladas en telas para protegerlas del polvo, algo que mostraba el optimismo de Elisa y William pensando que no nos harían falta en mucho tiempo.

Cuando volví a tocar las espadas, tenían un tacto familiar. Natalia sacó las pistolas y cuchillos de plata. Su apariencia frágil y delicada con esos filos en la mano la convertían en una criatura que rezumaba fiereza.

Daitay y Gretel se acercaron y nos miraron muy atentos.

—Tendréis que llevar armas. Bueno, por lo menos Gretel —informó William mirándola.

—¿Y no me puedo camuflar en el prado? —preguntó ella esperanzada.

—No, es muy importante que estés con ellos. Tus dones tanto de medio-ángel como de bruja pueden ser decisivos en esta batalla —le contestó Elisa con media sonrisa.

—Aunque antes de ponernos con esto deberíamos solucionar un grave problema primero. —William puso los brazos en jarras.

—¿Qué ocurre? —pregunté algo alarmado.

—No me queda sangre. Sin ella no podré luchar —contestó Daitay afligido.

Mi abuela me miró, vi en su cara algo parecido al sentimiento de culpabilidad, así que sabía qué quería.

—Plan B. —Solté un largo suspiro.

—¿Cuál es el plan B? —preguntó Madeleine.

—Tendremos que ir al hospital a ver cómo podemos sacar sangre de allí —le explicó Natalia, nerviosa, frotándose la frente.

40
PLAN B

El plan era, en principio, sencillo. Bueno, a quién quería engañar, el plan era un completo disparate que podía salir mal por múltiples razones.

William nos llevó al hospital en su coche y, a partir de ahí, cada uno tenía una misión muy definida.

En primer lugar actuarían Daitay, Gretel y Jessica. Rodeamos todos el edificio y en la parte de atrás, en la que algunos médicos salían en sus momentos libres a tomar el aire o comer algo rápido, encontramos a un médico terminándose un sándwich. Con paso firme, Gretel se acercó y, antes incluso de que el hombre pudiera levantar la vista, lo indujo al sueño. Daitay ya tenía vía libre para transformarse en él sin la preocupación de que se cruzara consigo mismo.

Justo a tiempo llegó Jessica con tres uniformes de enfermeros que había tomado prestados de las taquillas de los empleados del hospital usando su poder de invisibilidad.

Daitay se puso la bata y las gafas del médico mientras nosotros intentamos que la ropa que Jessy nos había conseguido nos quedara medianamente bien. A Gretel, el uniforme más pequeño le quedaba grande por todas partes, la camiseta de Natalia parecía más bien como un vestido de lo larga que era y a mí los pantalones me venían demasiado cortos.

En segundo lugar, mientras nosotros nos cambiábamos, Jessica había modificado la trayectoria de todas las cámaras de los pasillos y las salas por las que teníamos que pasar para evitar que nos grabaran, todas apuntaban hacia el techo. Antes de que se dieran cuenta, nosotros saldríamos con la sangre y Jessica volvería a reajustarlas.

—El banco de sangre está justo en la otra parte de la recepción. Hay que entrar, llegar hasta la cafetería y doblar hacia la derecha por ese pasillo. Veréis que vais bien si pasáis por delante de una sala con un cartel de trabajo social. Llegaréis al pasillo donde están todos los ascensores y escaleras. Bien. Pues tenéis que girar a la izquierda e ir hasta el final, hasta la unidad de quemados. Subís el pasillo que hay justo al lado de esta sala y llegaréis al banco de sangre —nos explicó la ruta Jessica—. ¿Queréis que os lo repita?

—No, me acuerdo bien de todo. —Daitay se colocó bien las gafas.

—¿Y por qué no entras tú y las sacas con el poder de la invisibilidad? —dijo Gretel hiperventilando.

—Porque verían bolsas de sangre flotar —respondió mi hermana como si no fuera obvio—. Además, el vampiro es él. Es él quien tiene que elegir la sangre, yo de eso no sé nada.

—Vale, vale. Uf, qué mareo me está entrando. —La bruja se llevó la mano a la cabeza.

—Gretel —Natalia la agarró de los brazos—, no te preocupes, lo haremos rápido, ¿vale? Te necesitamos ahí dentro por si tuvieras que volver a usar tu magia.

Ella asintió tomando aire y se enderezó.

—¿Estamos listos? —pregunté mirándolos.

El primer tramo lo hicimos sin ningún problema. No había mucha gente por los pasillos y nadie nos miró. Llegamos al pasillo de los ascensores que Jessica había descrito y las complicaciones aparecieron.

Al mismo tiempo que una médica se acercaba a Daitay con una sonrisa llamándolo «Guillermo» y hablando sobre una cena después del trabajo, una anciana se acercó a Gretel pidiéndole una silla de ruedas para su marido y yo vi al final del pasillo a mi padre muy concentrado en unos papeles.

—Oh, no —susurré.

Natalia siguió la trayectoria de mi mirada y los ojos se le desorbitaron.

—¿Quiénes son tus acompañantes? —Forzó una sonrisa la amiga del supuesto Guillermo.

—Yo me ocupo —me susurró Natalia sin perder de vista a mi padre.

Todo sucedió muy deprisa y al mismo tiempo.

Natalia generó un vendaval corriendo en dirección a mi padre que hizo que todos los papeles que sujetaba se cayeran al suelo. Este maldijo y se arrodilló para atraparlos e intentar ordenarlos.

Jessica, siendo invisible, me tocó el hombro para que me girara. Allí había una silla de ruedas para liberar a Gretel. La agarré y fui hacia la bruja.

—Señora, aquí tiene la silla de ruedas que le pedía a mi compañera. —Le sonreí ampliamente.

Gretel me devolvió la sonrisa sudando la gota gorda.

—Oh, muy amable, joven.

—Guillermo, estás muy raro. ¿Quiénes son? —La médica empezaba a enfadarse.

—Yo, esto, a ver, es que... —La frase de Daitay se quedó en el aire cuando sus labios y los de la médica se fundieron en un beso.

Ese beso, que fue solo un roce suave, dulce y breve, lo había creado Gretel con un solo chasquido.

—Guillermo. —Suspiró la médica sin dejar de sonreír.

—El doctor Blanco la busca. Está justo al final del pasillo —intervino Natalia señalando a mi padre.

—Vale. Después hablamos, Guillermo. —Le apretó las manos antes de irse.

Retomamos el rumbo hacia el banco de sangre a toda prisa.

—Gretel, ¿era necesario? —preguntó Daitay algo enfadado.

—Por cómo te hablaba, era evidente que Guillermo y su compañera tienen algo más que una relación profesional. Ha sido lo primero que se me ha ocurrido.

—Me sabe mal haberle robado a Guillermo ese momento —comentó Daitay apurado.

—Lo dice el mismo que le ha robado el cuerpo para robar sangre —comentó Jessica con sorna mientras aún era invisible.

41

SANGRE

Esperamos a que los dos trabajadores que estaban en la sala salieran. Uno se marchó por una emergencia real que le acaban de comunicar y el otro, por una emergencia que Natalia se inventó para sacarlo de allí.

La sala era mucho más pequeña de lo que había imaginado. La mayoría de mobiliario eran unas neveras con varias baldas que se extraían como un cajón y que tenían etiquetas con nombres como «Glóbulos rojos frescos» o «Glóbulos rojos filtrados», además del tipo de cada sangre. Por balda podía haber fácilmente ochenta bolsas.

Daitay y yo empezamos a meter bolsas en la mochila que Natalia había traído. Cerramos la nevera justo antes de que una mujer mayor entrase.

—Pero ¿qué hacéis todos aquí? —preguntó muy enfadada.

—Son tres estudiantes de medicina que han venido para ver las instalaciones del hospital, ya que el próximo mes empezarán sus prácticas con nosotros —respondió rápidamente Daitay con una sonrisa.

—Pero no vais equipados con todo lo que hay que llevar para estar aquí y los uniformes... no os van bien.

—Tienes razón, sí, pero... —La magia de Gretel volvió a interrumpir a Daitay.

Conseguí atrapar a la mujer antes de que cayera al suelo.

—¡Gretel! —exclamó Natalia.

—¡No hay tiempo y no podemos dejar testigos! No os preocupéis, está bien. En un rato se despertará sin recordar estos últimos tres minutos. Venga, salgamos de aquí de una vez. No puedo soportarlo más.

42
SUEÑO

Después de mucho tiempo, esa noche los cuatro cenamos en familia. Comprobamos que mi padre no nos había visto en el hospital, lo que nos hizo respirar aliviados.

Antes de irme a dormir entré al baño, en ese momento una voz me asaltó: «Realmente os deseo mucha suerte, la necesitaréis. Contra mí no tenéis nada que hacer».

Cerré la puerta con fuerza y miré por todo el baño para comprobar que estaba solo mientras oía su risa rebotar en mi mente.

—¿Cómo estás tan segura?

«Javier ya ha pagado las consecuencias de retarme, ahora os toca a vosotros. No quedará ni la estúpida de tu abuela, ni el viejo mago, ni tu hermanita, ni la adorable Natalia».

Intenté sacarme de la cabeza el eco que había quedado de sus palabras.

Me fui a la cama e intenté calmarme, pero di vueltas durante horas tumbado hasta que al final me dormí.

No había cambiado nada después de estos meses, aún tenía la cicatriz cruzándole el ojo. Por detrás distinguí a alguien. Javier, mi amigo, estaba detrás de ella. No sonreía y su mirada reflejaba que estaba ausente. El verde intenso de sus ojos había sido sustituido por un color grisáceo sin vida.

En ese momento Agnes lo rodeó y se colocó detrás de él con una sonrisa maléfica. Lo abrazó por la cintura y sin dejar de mirarme le dio un beso en la mejilla. Javi no se inmutaba. Lentamente puso una mano en la barbilla de mi amigo y la otra en la cabeza. Con un movimiento rápido lo desnucó. Él se desplomó y Agnes emitió una gran carcajada.

Entonces desperté y me senté en la cama, sudando y jadeando. Me levanté con dificultad y me fui a la ducha. Dejé que el agua helada corriera durante minutos por mi cara y todo mi cuerpo. Solo salí de debajo del chorro cuando vi su figura en el baño y oí su voz burlona decirme: «No quedaréis ninguno en pie mañana».

¿Cómo que «mañana»? ¿Agnes se le aparecía a alguien más o yo era el único consciente de que quedaban horas para enfrentarnos a ella?

Me sequé a toda velocidad trazando mentalmente la ruta que seguiría a continuación. Iría a casa de mi abuela mientras llamaba a Natalia para avisarla y después llamaría a William para que se prepara y despertara a Daitay. ¿Debía avisar a Jessica? Sí, eso tenía que ser lo primero. Despertarla y que viniera conmigo a casa de mi abuela.

Me enrollé la toalla a la cintura y fui a mi habitación. Una figura femenina corpórea y real me sorprendió sentada en mi cama. Primero pensé que era Agnes, después la vi bien.

—¿Qué haces aquí?

—No podía dormir —respondió cabizbaja Natalia.

Sus ojos miraron de soslayo la toalla, después a mí y después a sus manos.

—¿Has entrado por la ventana? —pregunté incrédulo al verla abierta de par en par.

Fuera llovía con intensidad.

—Ángel, he visto a Agnes. —Se puso en pie visiblemente nerviosa.

—¿En persona? —me acerqué a ella.

Notaba cómo las gotas de agua aún rodaban pecho abajo y que la mirada de Natalia se permitía cada ciertos segundos viajar de ese recorrido que formaba el agua por mi cuerpo a mis ojos. Yo mismo sentía su debate en mi cabeza: hablar por una parte de la amenaza y por otra del hecho de que estaba desnudo delante de ella cubierto solo por la toalla de ducha.

—No, no en persona. En sueños —me dijo muy seria sosteniéndome la mirada—. Me ha dicho que vendrá mañana.

Asentí tomando aire con fuerza.

—Sí, yo también la he visto. De hecho, iba a vestirme y llamarte de camino a casa de mi abuela para avisarte, pero… —miré la pantalla de mi móvil y vi tres llamadas pérdidas de William, cinco de Elisa y dos de Gretel— parece que ya lo sabemos todos.

—Sí, he hablado con Gretel hace un momento y le he dicho que venía a tu casa para ver si tú también te habías enterado y comprobar que no estabas en peligro.

Se sentó de nuevo en la cama con cierto aire derrotista y se llevó las manos a la cara. Respiraba con irregularidad y, aunque la luz que entraba desde fuera era muy tenue, vi como sus hombros temblaban.

Aún ataviado solo con la toalla, me senté a su lado y la abracé con el brazo que no impedía que me quedara completamente desnudo delante de ella. Natalia me rodeó el cuello y dejé que lo soltara todo antes de decirle:

—Podemos contra ella. Pudimos contra Satanás. Podremos contra Agnes.

Natalia se separó un poco para mirarme a la cara. Incluso esa luz favorecía cada facción de su cara.

—Eso no es lo que me preocupa. ¿Y si no estamos a tiempo de recuperar a Javi? Puede que lo hayamos perdido ya para siempre.

43

YA VIENE

Desperté y me dio un vuelco el corazón al ver a Natalia a mi lado y comprobar que no había sido todo un sueño. Nada más abrir los ojos me sonrió.

La noche anterior, en algún punto de la conversación, conseguí vestirme, llamar a mi abuela y después a William. Ambos apelaron a la calma, a que me quedara en casa y que con el primer rayo de sol fuera a casa de mi abuela, donde nos prepararíamos para ir a la batalla. Ambos también insistieron en que durmiera, o que al menos descansara.

Cuando Natalia me dijo que se volvía a su casa, le insistí en que se quedara conmigo.

—Buenos días. —Me sonrió.

Miré por la ventana. Todavía era de noche, pero la oscuridad ya no era tan negra. En unos minutos amanecería.

—Buenos días. ¿Has conseguido dormir?

—Sí. Fue un acierto quedarme.

Le devolví la sonrisa casi sin pensar.

—Me alegro.

En ese momento mi hermana empezó a aporrear la puerta.

—¡Despierta! ¡Hoy es el gran día!

—Debería irme —dijo incorporándose.

—Esto hay que repetirlo —bromeé.

En cuanto lo dije en voz alta me arrepentí. ¿Cómo que «Esto hay que repetirlo»? ¿Me había vuelto idiota de repente o siempre lo fui? Sentí un «tierra, trágame» que la risa de Natalia disipó. Me dio un beso en la mejilla y con una mirada profunda y significativa en la que demostraba su cariño, pero también toda la ansiedad contenida por el día que nos esperaba, se despidió.

—Nos vemos ahora —me dijo seria.

—Nos vemos ahora —repetí.

Había que bajar de la nube y enfrentarse a la realidad: ese día luchábamos contra Agnes.

—¡Ángel! —volvió a gritar mi hermana ya desde abajo.

Abrí la puerta de golpe.

—¿Nerviosa? —le pregunté mientras bajaba.

—No. ¿Debería estarlo? —preguntó mientras se comía una magdalena tranquilamente.

—Sí. Por lo menos al pensar que a lo que nos enfrentamos no es una riña en el patio del colegio, ¿no crees?

—Va a ser pan comido, no te preocupes, hermanito.

Cuando acabó de desayunar fuimos a casa de mi abuela. Éramos los últimos en llegar. Natalia me dedicó una sonrisa que solo duró unos segundos. Algo cómplice. Algo que solo compartíamos ella y yo. Sentí las mejillas enrojecer.

William y Madeline no habían dormido en toda la noche planeando la táctica de ataque, defensa y rescate de Javier. Ninguno nos atrevimos a no trazar esa última parte porque todos estábamos convencidos de que podríamos salvarle. En ese momento rememoré como hacía tan solo unas horas Natalia lloraba pensando que habíamos perdido a nuestro amigo.

Teniendo en cuenta el gran éxito que la nube tuvo en la batalla contra Satanás, decidieron volver a repetirla, a pesar de que Agnes la conocía a la perfección.

Cuando terminamos de repasar todos los escenarios que los magos nos planteaban, nos cambiamos y cada uno agarramos nuestra arma.

Fuimos hasta el árbol de la vida.

Había llegado la hora.

44

AGNES

Llegamos hasta el prado en el que el año anterior habíamos luchado contra Satanás. Casi de inmediato, mi abuela, Jessica, Madeleine y William fueron a la nube.

Daitay se convirtió en un guepardo en posición de ataque. Gretel se camufló, y su hacha con ella. Natalia sacó los dos cuchillos y yo una de las espadas. Los dos nos miramos. Me intentó sonreír, pero solo le salió una débil ondulación de los labios.

Tomé aire con fuerza por la nariz y lo solté por la boca. Aunque Agnes era una medio-ángel extremadamente poderosa y no estaba sola, me enfrentaba a aquella batalla con mucha seguridad. Al fin y al cabo, hacía tan solo unos meses habíamos combatido contra todo un ejército. Pero, aunque estuviera seguro de que aquella pelea la ganaríamos y no me embargaba el mismo nerviosismo que cuando luché contra Satanás, había algo diferente, algo que se adueñaba de mi pecho y me ahogaba poco a poco. Era una incertidumbre profunda, tanto que incluso me nublaba la vista. Era el momento de enfrentarnos a la verdad, de ver si la esperanza que habíamos conservado hasta ese mismo instante había servido de algo.

Mi mente solo la ocupaba Javi.

Miramos al frente y como un relámpago vimos aparecer a Agnes, Kris, Kati y Anne, que andaban con paso seguro, vestían cuero negro y llevaban símbolos pintados en la cara, aparte de una sonrisa dibujada de comisura a comisura.

El viento empezó a golpearnos con más fuerza y pude sentir por todos los poros de mi piel como la humedad en el ambiente había aumentado. En ese momento solo era capaz de escuchar los jadeos de Daitay, la respiración acelerada de las chicas, el tambor que anunciaba la llegada de la guerra en el que se había convertido mi corazón y sus pasos por la hierba mojada hacia nosotros. Agarré la empuñadura de la espada con más fuerza.

«Venga, Agnes», pensé con la mandíbula apretada. «Dinos dónde está Javi».

Un instante después, las cuatro se separaron y dejaron ver a un quinto componente: Javier. Natalia soltó un gemido.

Estaba igual que en mi sueño: con los ojos grises y la expresión ausente. Me fijé en la poca piel que llevaba al descubierto y no vi ningún cardenal ni rasguño. Tampoco ojeras ni aspecto descuidado. No estaba más delgado ni tenía el pelo más largo de lo normal. Aunque por una parte sentí alivio, por otra saltaron todas mis alarmas: yo estaba seguro de que ganaría, pero Agnes también. Había engrasado el arma más letal que tenía contra nosotros y se preparaba para lucirla, para restregarnos que Javi ya solo era un conjunto de huesos y músculos que encerraba el don más poderoso que tendría a su disposición. Pretendía matarnos de todos los modos posibles.

Daitay rugió y con el poco temple que me quedaba hablé en alto:

—Última oportunidad, Agnes. Devuélvenos a Javi y evita esta batalla sin sentido. Ya has visto que ninguno de tus intentos por asustarnos ha dado resultado. No te enfrentes a algo que sabes que no vas a ganar.

Sentí como su risa me erizaba todo el bello de la nuca.

—Me he apoderado de tu amigo, chaval. Y ahora voy a regar este campo con vuestra sangre.

No hubo nada más que decir. Cuando Agnes me lanzó la primera bola de fuego, mientras sentía la electricidad que generaba la rabia recorrerme la espalda, dio comienzo la batalla.

Sin contemplaciones, fui a por ella.

Empezó a lanzarme bolas de fuego muy rápidamente y todas las que proyectaba contra mí se las devolvía. Nuestras botas se deslizaban a toda velocidad por el barro. Intenté por todos los medios acercarme a ella. Por muy escurridiza, ágil e inconsciente que fuera, ambos sabíamos que en una batalla cuerpo a cuerpo no tendría nada que hacer contra mí. Las bolas de fuego iban y venían y poco a poco noté como mi barrera protectora, a la que llamábamos entre nosotros burbuja, se iba debilitando.

«No puedo parar todas las bolas de fuego y devolverlas, si sigo así mi protección caerá», pensé con angustia.

Empecé a esquivarlas y, sin poderes que usar en su contra ni la posibilidad de acercarme con las espadas, me sentí en una desventaja total hacia su poder mortífero y corrosivo. Fue entonces cuando, agarrando una de sus bolas de fuego y usando los últimos soplos que le quedaban a mi burbuja, me resbalé por culpa del barro, caí al suelo y esa distracción improvisada, por la que se burló de mí agarrándose la barriga de la risa, me permitió contraatacar con su propio fuego y llegar a quemarla.

Agnes rugió de auténtico dolor y su mirada se afiló como nunca antes. No solo la había herido físicamente con ese ataque, en el mismo momento en que vaciló, miré a mi alrededor y descubrí que Gretel le acababa de cortar la cabeza a Anne, algo que me provocó cierta sensación de mareo, y más viendo a mi amiga temblar, abatida por completo y sentada en el suelo con la vista fija en el filo ensangrentado del hacha.

La batalla entre Kris y Daitay era frenética, salvaje y sangrienta, por eso fui incapaz de distinguir en apenas un segundo quién estaba en desventaja.

Me costó más localizar a Natalia, que estaba en el suelo luchando con todas sus fuerzas contra Kati. Ahí sí que pude distinguir con claridad quién estaba en desventaja. Me puse en pie gritando:

—¡Natalia!

Ella me miró horrorizada y no llegó a tiempo de advertirme:

—¡Ángel! ¡Cuidado!

En ese momento, Agnes se me tiró encima con fuerza. Sus manos se habían convertido en lava y me agarraban de la garganta. No podía ni tragar saliva ni respirar. Descubrí que podía sentir cómo mi piel se derretía y probablemente fuera el momento en el que más cerca de la muerte había estado nunca.

Estábamos cara a cara, jadeando. Ella tenía los ojos inyectados en sangre y cada vez apretaba con más fuerza con sus manos hirviendo. Le di una fuerte patada en el vientre y, aunque el dolor cambió por completo su expresión, no dejó de apretar.

No me quedaba ni rastro de aire en los pulmones. Pero sí tenía fuerzas para gritar. El dolor que las manos de Agnes me provocaba era el más agudo que jamás había sentido. Un dolor tal que pensaba que solo por eso podía morirme. Agnes comenzó a chillar sin abandonar la sonrisa por la que le chorreaba saliva de puro disfrute.

Y empezó a llover.

Fue una lluvia tan repentina que no tuve ninguna duda de que la habían provocado los magos de la nube. Caía con tal fuerza e intensidad que las manos de Agnes se apagaron *ipso facto* y ella pegó un grito desgarrador de pura rabia. Con las fuerzas que me quedaban, le di un fuerte puñetazo en la barriga que la hizo retroceder y seguir chillando.

Agnes se había convertido en la ira personificada.

Tosí con fuerza intentando recobrar la compostura para continuar la lucha. Gretel había unido sus fuerzas a las de Daitay justo después de ayudar a Natalia a deshacerse de Kati.

Natalia me agarró del brazo para ayudarme a ponerme en pie justo cuando Agnes se disponía a atacarme. Era extremadamente rápida, pero nada que ver con mi amiga.

Natalia se puso sobre Agnes con un cuchillo apuntándole al ojo. Ambas gritaban con rabia y desesperación, pero en el rostro de Agnes pude ver cómo le consumía la ira de haberse quedado desarmada mientras se revolvían en el barro.

De repente, y sin saber de dónde había aparecido, Javier se abalanzó sobre Natalia sin darle opción a nada. Se revolcaron por el barro. Ella intentó escapar, pero Javi se sentó sobre su espalda, inmovilizándole los brazos bajo sus piernas y la agarró con la mano izquierda por la barbilla, se la levantó y dejó su cara al descubierto.

Cuando corrí hacia ellos, sin dejar de toser todavía, Agnes sacó una pistola y me apuntó con ella. Con precaución, pero sin miedo, me acerqué a mis amigos. Agnes y yo sabíamos perfectamente que si había podido desviar sus bolas de fuego, podría con una bala, por eso apuntó a la cabeza de Natalia, a un par de pasos a distancia.

—Agnes…, por favor —balbuceé.

Su rostro chorreaba agua como el de todos, pero toda la pintura negra de guerra con la que se había adornado formaba una enorme mancha gris que junto con su pelo pegado a la piel y sus ojos azules brillantes y sedientos de sangre conformaban el rostro más terrorífico que jamás hubiera visto en mi vida.

—Ni se te ocurra hacer ningún movimiento, Ángel. Sabes que tu amigo se anticipa a todo y ahora está programado para protegerme a toda costa. Es su misión de vida.

Él permanecía quieto como una estatua mientras Natalia luchaba por zafarse o simplemente respirar. No sabía qué hacer ni cómo hacerlo para que Javi no se interpusiera y acabáramos muertos los tres.

—Arrodíllate —me exigió Agnes—. ¡Venga! ¡Arrodíllate!

Así lo hice.

Gretel y Daitay se aproximaron a nosotros corriendo.

—¡Y vosotros quietos si no queréis que le vuele la tapa de los sesos a vuestra amiga!, ¡¿os ha quedado claro?! —Ellos asintieron débilmente y se quedaron parados—. ¡Y a los de ahí arriba! ¡Detened la lluvia *ya*!

Así pasó. La lluvia se disipó con la misma rapidez con la que había llegado.

Agnes empezó a dar saltitos debido a la adrenalina que sentía por todo el cuerpo sin dejar de apuntar a la cabeza de Natalia. Nos miró a todos uno a uno haciendo que su risa fuera en aumento.

—Vaya. Un medio-ángel capaz de transformarse en cualquier ser, una bruja con poderes, un tío con superfuerza y además con escudo incorporado y tú… —miró a Natalia con el ceño fruncido—, ¿tú qué hacías? ¡Ah! ¡Ya me acuerdo! Corrías rápido. —Natalia soltó un gruñido—. Ya, bueno, un poder muy menor si tenemos a este que es capaz de convertirse en un guepardo, ¿no? —Cargó la pistola para prepararse para apretar el gatillo—. Voy a hacer maravillas con vosotros. —Suspiró con fuerza—. Pero primero voy a acabar con la irritable vocecilla que me martillea la cabeza.

Agnes apretó el gatillo apuntando a Natalia.

Como lo hice sin pensar, a Javi no le dio tiempo a interponerse.

Me puse en medio con el escudo activado.

La bala rebotó de la membrana invisible a la frente de Agnes y la mató en el acto.

Lo único que podía acabar con Agnes era ella misma.

Agnes podía ser muchas cosas, pero no era una mentirosa. Y no mintió al decir que la misión de vida de Javi era protegerla.

Al verla muerta en el suelo, se levantó con el cuchillo en la mano y se lanzó contra mí todavía con los ojos grisáceos. Le agarré las manos y sin ningún esfuerzo logré detenerlas, el cuchillo quedó a dos palmos de mi cara mientras él gritaba, me pateaba y hasta escupía.

—Javi, Javi, por favor —no paraba de repetir incapaz de balbucear cualquier otra cosa.

Natalia, aún jadeando, se puso en pie y cerró los ojos. Justo después, Javi soltó el cuchillo y se agarró de la cabeza como si le quemara.

—¡Basta! ¡Es mentira! ¡Basta! —gritó mi amigo a pleno pulmón retrocediendo y tirándose del pelo.

—¿Qué hace? —Me acerqué horrorizado a Natalia, que contemplaba a Javi con la mandíbula apretada.

—Recordar. —Suspiró.

Al escuchar esa palabra, Javi se giró y le propinó un puñetazo a Natalia en el labio que la hizo retroceder un par de pasos. Yo fui a agarrarla.

—Estoy bien, estoy bien —me calmó ella al verme horrorizado mientras la agarraba—. Eso significa que funciona.

Nuestro amigo seguía gritando agarrándose de la cabeza con fuerza, posó los ojos de nuevo en Natalia y fui capaz de detener su puño en alto antes de que impactara contra la cara de ella. Nos quedamos mirándonos y gruñendo.

Cuando le miraba solo lo veía a él, a mi amigo. La pena se posó en mi pecho y le solté el puño.

Con la vista de Javi aún fija en Natalia, Daitay, ya en su propio cuerpo, le apresó de los brazos y le obligó a arrodillarse sin que este dejara de gritar de pura ira. Gretel le agarró con fuerza de la barbilla para mirarle a los ojos.

—No reconozco el hechizo que han usado —nos informó con la voz quebradiza.

Puse los brazos en jarras intentando mantener la compostura. Sentía unas ganas tremendas de llorar de ver lo que Agnes había hecho con él. Estaba completamente en blanco, solo podía verle gritar. Y su mirada. Javi nos miraba a Natalia y a mí con puro odio.

Ya no había nada de él ahí dentro.

Lo teníamos con nosotros, pero Agnes se lo había llevado todo con ella.

—Ángel. —Natalia me aferró del rostro para que la mirara. Me sentía perdido—. Recuerda. Lo que sea. Lo que sea con Javi.

Tuve que tomar mucho aire, ignorar el dolor físico que sentía tras las quemaduras de Agnes e intentar evadirme de la situación que nos rodeaba para probar lo que Natalia me proponía.

Empecé por los recuerdos más sencillos.

Recordé que cuando éramos niños en verano montábamos en bici y cuando intentó hacer el truco de sostenerse solo con la rueda de atrás, porque se lo había visto a alguien del barrio el día anterior, se cayó, se dio con la cabeza contra el suelo y se hizo una brecha en la ceja que le había dejado cicatriz, nunca más quiso saber nada de ese truco ni de la bici. Le miré la ceja en ese preciso instante y sonreí. Seguía sin salirle pelo justo donde se hizo la herida.

Recordé que hacía dos cursos se había obsesionado completamente con el chocolate untable y era lo único que traía a todos los patios: un sándwich de pan blanco con chocolate. Siempre se dejaba los bordes y a veces Natalia se los comía para que no los desperdiciara.

Recordé que unas navidades con mi familia, siendo muy pequeños, mi prima Lucía le dio a probar un dulce con almendras y acabamos en urgencias porque no sabía que era alérgico a los frutos secos. Y no solo a las almendras, descubrimos en las pruebas que también lo era a la mostaza y al apio. Me parece que dijo algo como: «Menos mal que de todas formas no iba a comer nada de eso».

Recordé muchas clases juntos, muchas tardes jugando a videojuegos en el desván de su casa, alguna que otra jugarreta inconfesable o cuando me contó que le gustaba aquella chica italiana que vino un par de meses de intercambio.

Recordé la tarde en la que él y Natalia se convirtieron en medio-ángeles, la mañana siguiente cuando solo gritaba por los pasillos, cómo su valentía fue la que nos libró del dunlop y fue una pieza decisiva en mi lucha contra Satanás.

Recordé todas las veces que nos abrazamos después de ese día, agradecidos de estar vivos y juntos y cómo Natalia casi se desmayó al darse cuenta de que Agnes le había raptado.

Recordé todas las veces que había visto carteles suyos por las farolas del pueblo y la decena de ocasiones en las que su familia había salido en televisión llorando pidiendo ayuda y aferrándose a una foto de carnet suya hecha tamaño grande.

En algún punto Javi dejó de gritar. Parpadeó lentamente antes de caer inconsciente abatido.

45

JAVI

—Elisa te ha dicho que aún no te puedes levantar. —Natalia le agarró del hombro.

—Me duele el culo de estar tantos días sentado y sin moverme —se quejó Javi.

En cuanto Javi cayó inconsciente, el resto del equipo bajó de la nube para llevárnoslo a casa. No descendieron antes por miedo a interrumpir nuestros intentos de traerle de vuelta. Intentos que fueron de lo más efectivos.

Javi pasó un par de días más sin despertar, pero vimos cómo el gris de sus ojos le abandonaba. Cuando ya no quedó nada más de esa sombra, volvió en sí. Ya habían pasado tres días desde entonces. Tres días en los que nos habíamos atrincherado juntos en casa de mi abuela para no perdernos ni un solo avance de nuestro amigo y así entre todos poder inventarnos una historia para el resto del mundo sobre dónde y con quién había estado todo ese tiempo que no tuviera nada que ver con medio-ángeles.

Los ungüentos de William seguían siendo igual de efectivos y ya no nos quedaba ni rastro de todas las heridas de la batalla, incluida la enorme quemadura en forma de manos que me había dejado Agnes en el cuello.

Pensaba que todo marchaba como la seda, y respecto a Javi así era, pero en esos días que pasamos sin movernos de casa de mi abuela me di cuenta de que algo no cuadraba entre ella y mi hermana. Esa misma mañana había escuchado una conversación muy acalorada entre ellas en la habitación de mi abuela en la que Jessy le echaba en cara que no la hubiera dejado intervenir en la batalla contra Agnes, ni siquiera desde la nube, y cómo mi abuela le respondía que sabía perfectamente el motivo, que desde que había obtenido los poderes su misión de vida había sido protegerla. Gretel me sorprendió por detrás y no pude seguir el hilo de la conversación hasta el final.

—¿Es la primera vez que las escuchas discutir? —me preguntó. Yo asentí—. Llevan unos cuantos días así.

Natalia y yo pusimos al corriente de todo a Javi.

—Vaya, así que eras un vampiro. Qué alucine. No me creo que me haya perdido algo así. —Javi se llevó las manos a la cara al conocer la historia de Daitay.

Estaban siendo días en los que me dolían las mejillas de sonreír. Por fin, por fin estábamos todos juntos y en paz. Por fin volvíamos a la normalidad.

—¿Y Patry? —Nos miró Javi a todos—. ¿Qué sabéis de ella?

Bueno, nuestra nueva *normalidad* en la que esperábamos a que una psicópata asesina viniera a por nosotros, claro.

Natalia se puso en pie con una sonrisa y le dio un beso en la frente.

—Quizá mejor dejamos ese tema para otro momento.

Vino hacia la puerta donde yo estaba apoyado en el marco y nuestras miradas se cruzaron un milisegundo, el suficiente para que Javi lo captara de nuestras mentes…

—¡¿Qué?! ¡¿Que os habéis besado?!

EPÍLOGO

La Valeta, Malta
18 de mayo de 1763
Último día de la vida humana de Daitay

Hacía ya un año que Bianca y yo estábamos en casa de los Caruana, lejos del campo en el que habíamos crecido.

Los Caruana, pero sobre todo Mery Caruana, habían sido muy generosos con nosotros. Mi hermana pequeña era la doncella de Mery y su confidente.

—Leo —me llamó Bianca.

Me giré y la vi.

Su cabello era largo como una cascada, marrón como el caramelo y brillante como la luz del sol en el amanecer. Su piel estaba ligeramente bronceada por pasar tantas horas paseando con Mery por sus tierras. Tenía los ojos verdes claros, casi cristalinos, como los de nuestra madre.

—Mery quiere que vayas a verla. Dice que es urgente —me dijo mi hermana con su voz dulce.

Entré en la mansión de los Caruana seguido por ella. A cambio de techo y comida, ayudaba al mayordomo en sus tareas.

—Voy a ver a la señora Dolçe —se despidió Bianca.

Fui subiendo las escaleras para llegar a la alcoba de Mery, pero el señor Staigner se interpuso en mi camino.

—Señor Rossi, ¿puedo preguntarle a dónde se dirige? —me preguntó serio, como siempre.

—A los aposentos de la señorita Caruana.

—No está autorizado a entrar —me dijo interponiéndose en mi camino una vez más.

—Ella misma me ha invitado.

—Señor Rossi, le he dicho...

—¿Hay algún problema, señor Staigner? —preguntó esta vez Mery desde la puerta de su habitación.

Era tan bella que en lugar de una mujer parecía una diosa mitológica, como aquellas criaturas mágicas de las que había leído en los libros de la biblioteca de los Caruana. Tenía los ojos oscuros y profundos. A menudo me descubría a mí mismo observándolos en la lejanía, rogando que nadie me mirara a mí y que ni el caer de una hoja seca me distrajera de admirarla, de escuchar su voz musical, de intentar descifrar la sonrisa pícara que siempre colmaba su expresión.

—Señorita Caruana, el señor Rossi no está autorizado para ir a vuestros aposentos.

—Ni usted para contradecirme.

—Pero, señorita Caruana...

—Puede irse, señor Staigner —sentenció Mery.

—Pero...

—He dicho que puede retirarse —repitió con autoridad.

El señor Staigner hizo una reverencia y se marchó, no sin mirarme de reojo antes.

—Buenos días, señorita Caruana —la saludé haciendo una reverencia—. ¿Puedo preguntar qué desea? Mi hermana me ha dicho que...

—Puedes llamarme Mery, Leonardo. Quería proponerte una cosa.

—Vos diréis.

—Quería proponerte que me acompañaras a la *soirée* de esta noche, que se celebrará aquí, en el salón principal.

—Pero… —carraspeé nervioso— yo estaré sirviendo, es mi trabajo, señorita —le recordé un poco aturdido por el ofrecimiento.

—No te preocupes por eso, no hay problema, lo arreglaré todo. Quiero que me acompañes.

Ella sabía muy bien que yo no podía negarle absolutamente nada. En primer lugar, porque ella era una de las damas del hogar para el que servía. Y en segundo lugar, porque yo, Leonardo Rossi, no tenía la fuerza suficiente de mirarla a los ojos y decirle que no.

—Si así lo desea… —dije haciéndole una reverencia.

—Te espero esta noche a la luz de las estrellas, Leonardo. Presiento que esta velada será muy especial para ambos.